Euphoria

Das Spiel der Götter

Impressum:

Bibliografische Information Der Deutschen Bibliothek:
Die Deutsche Nationalbibliothek verzeichnet diese
Publikation in der Deutschen Nationalbibliografie;
detaillierte bibliografische Daten sind im Internet über
dnb.d-nb.de abrufbar.

4. Auflage

Umschlaggestaltung: Nina Nell
Satz und Layout: Nina Nell
Herstellung und Verlag: Books on Demand GmbH, Norderstedt
ISBN: 9783842319615

euphoria.ninanell.de

Nicht die Welt, sondern sich selbst zu verstehen und Akzeptanz, Liebe und Verständnis entgegenzubringen, ist das Ende allen Leids.
Die Welt sollte nicht anders sein, als sie ist.
Aber sie wird sich ändern, wenn wir es tun.

L

1

Ein fast normaler Tag

Es war Sommer. Schon wieder. Und dieses Mal war er auch noch viel zu früh gekommen. Ärgerlich wischte sich Lucy den Schweiß von der Stirn. Wenn es nach ihr gegangen wäre, hätte er dieses Jahr auch ausfallen oder sich zumindest verspäten können. Wie im letzten Jahr, als der Winter gar kein Ende nehmen wollte. Aber so hatte ihre persönliche Hölle in diesem Jahr schon früh begonnen.

»Mistdinger!«, schimpfte sie leise und klopfte sich die Pollen von der Sporthose. Sie flogen wie riesige Schneeflocken über den Sportplatz. Langsam, bedrohlich und unaufhaltsam. Zum hundertsten Mal bereute sie es, dass sie an diesem Tag gekommen war. Sie war ohnehin fast nie wirklich in der Lage, an irgendetwas in diesem Sportverein teilzunehmen. Wie hatte sie sich nur einbilden können, gerade heute, beim Sportfest ...

Wieder kitzelte es ihr in der Nase und sofort schossen ihr Tränen in die Augen. Dann nieste sie. Viermal hintereinander. Warum war sie heute Morgen überhaupt aufgestanden?

Erschöpft und schwindelig setzte sie sich wieder auf den Tribünenplatz und wühlte ein Taschentuch aus ihrer Potasche. Der Hundert-Meter-Lauf war vorbei und die Sportler stellten sich bereits in zwei Reihen vor den Sandkästen für den Weitsprung auf. Lucy versuchte an dem Mann mit dem riesigen Schaumstoffhut vorbei zu schauen, um ihrer Freundin beim Springen zusehen zu können. Sie beugte sich ein wenig vor und lugte über seine Schulter. Dann stieß ihr plötzlich etwas Spitzes in die Rippen. Lucy wandte sich um und blickte in das verärgerte Gesicht des kleinen, blonden Mädchens, das neben ihr saß.

»Ich seh nix!«, schimpfte sie, wobei sie ihre Augenbrauen zusammenzog und den kleinen Mund anschließend zu einer schmalen Linie spitzte.

Lucy lehnte sich resignierend wieder zurück und starrte missbilligend den karierten Hut an. Am liebsten hätte sie diesem Typen das alberne Ding vom Kopf gefegt. Er hatte sie nicht einmal eines Blickes gewürdigt, als sie ihn angesprochen hatte. Nur ein verächtliches »Aach!« war aus seinem mit Pommes Frites gefüllten Mund gekommen. Und bei der abwertenden Handbewegung hatte er fast sein Bier ausgekippt. Wenn sie wenigstens Platz gehabt hätte, um ein wenig zur Seite zu rücken. Aber sie war regelrecht eingekesselt. Seufzend stellte sie ihre Tasche zwischen die Füße, stützte sich mit den Händen von der Bank ab, versuchte ihren schwachen Kreislauf und das leichte Schwindelgefühl, das damit verbunden war, zu ignorieren und stand schließlich wieder auf. Normalerweise hätte es ihr wahrscheinlich gar nichts ausgemacht, stundenlang zu stehen. *Normalerweise*. Aber sie *war* nicht normal. Ein normaler, gesunder Mensch konnte ohne Anstrengung aufstehen und musste dabei nicht befürchten umzukippen, weil es viel zu heiß war und die Pollen ihm die Nasenschleimhäute zuschwellen ließen, so dass er nicht atmen konnte und sich vor Erschöpfung schließlich doch wieder hinsetzen musste. Aber das hatte den Affen mit dem Riesenhut ja nicht interessiert. Glücklicherweise saß hinter ihr niemand, dem sie jetzt die Sicht versperrte. Sie saß ganz hinten, in der letzten Reihe. Wie immer. Nicht etwa, weil es ihr gefallen hätte, oder weil es schon zur Gewohnheit geworden war, dass sie über Riesenköpfe oder -hüte hinwegsehen musste. Nein, sie war einfach mit einem Pech gestraft, das ihr lediglich den allerletzten kinderpopodünnen Streifen darbot, der auf der Tribünenbank noch zu finden war. Weil sie auf wundersame Weise jedes Mal zu spät kam, wenn solche Veranstaltungen stattfanden. Egal, wie früh sie losfuhr. Anscheinend passierten die unmöglichsten und verrücktesten Vorfälle immer genau dann, wenn *sie* unterwegs war. Als warteten sie nur darauf, ihr das Leben schwer zu machen. *Hey, heute ist Lucy unterwegs! Endlich können wir uns wieder austoben.* Heute waren es ein paar Jugendliche gewesen, die es offenbar lustig fanden, in der S-Bahn die Notbremse zu ziehen, die Tür aufzutreten und dann lachend davonzulaufen. Als die Bahn dann endlich weiterfuhr – nachdem der Fahrer ausgiebig die Tür inspiziert und wieder geschlossen hatte – und sie an ihrer Haltestelle aussteigen wollte, hatte eine ältere Dame sie, *gerade sie* (waren da nicht noch ungefähr 100 andere Leute in der Bahn, die mindestens genauso nett und hilfsbereit aussahen, wie Lucy?) darum gebeten, sie zum Ärztehaus zu begleiten. Lucy hatte sie angesehen, als sei sie von der Spezialeinheit *Haltet-Lucy-um-jeden-Preis-auf* geschickt worden. Aber sie war so nett. Das war sie immer. *Viel* zu nett.

Miriam stand jetzt bereits bei den Tischen mit den Getränken und hielt sich eine Wasserflasche an den Mund.

Ihr Sprung war also schon vorbei.

»Toll!«, murmelte Lucy und biss vor Wut die Zähne zusammen. Dann blickte sie grimmig auf den Typen hinunter, der ihr ganz offensichtlich den Tag vermiesen wollte. Wenn das überhaupt noch möglich war. Ärger kochte in ihr hoch und ein erschreckend starkes Gefühl von Frust und Traurigkeit, das nur zum Teil etwas mit ihm und dem dämlichen Hut zu tun hatte. Sie hob wieder den Blick und beobachtete frustriert die anderen Sportler. Wie sie vollkommen unbeschwert ihrem Hobby nachgehen und Sport treiben konnten, die volle Kontrolle über ihre Körper hatten und Leistungen erbrachten, von denen sie nur träumen konnte. Sie wollte auch da unten sein. Ihre Freundin dort anfeuern, wo sie sie hören konnte. Ihr gratulieren, weil sie sich womöglich schon wieder selbst übertroffen hatte. Und sie wollte auch selbst springen. Und angefeuert werden. Sie wollte laufen und werfen und ... einfach dabei sein. Leben! Und Spaß haben! Es genießen einen Körper zu haben, der normal und vernünftig funktionierte. Aber das würde niemals so sein. Und dass sie sich von Miriam hatte überreden lassen, sich ebenfalls in diesem Sportverein anzumelden, würde an dieser Tatsache auch nie etwas ändern.

Wieder kitzelte es in ihrer Nase. Sie kramte fluchend ihr Taschentuch heraus und nieste hinein. Fünfmal. Am liebsten hätte sie sich ihre verflixten Allergien und Krankheiten in diesem Moment aus dem Körper geprügelt. Sie hinderten sie am Leben. Sie hinderten sie daran Spaß zu haben und Dinge zu tun, die sie mochte. Ihr Frust und ihre Wut steigerten sich ins Unermessliche. Sie hasste ihre Krankheiten! Sie hasste sie wie die Pest. Und sie hasste sich selbst dafür, dass sie diese Krankheiten hatte. Warum konnte sie nicht normal sein? So wie Miri.

Den Tränen nahe tupfte sie sich ihre rote Nase trocken und steckte das Taschentuch wieder weg. Dann legte sie resignierend den Kopf in den Nacken und blickte seufzend in den azurblauen, wolkenlosen Himmel. *Warum?*, dachte sie. Warum war ihr Leben nur so schwer, während das ihrer Freundin so unbeschwert und leicht war? So fröhlich und erfüllt. Was machte sie falsch? Sie war doch kein schlechter Mensch. Wofür wurde sie so hart bestraft? Eine Träne rollte ihr über die Wange und versank in ihrem Mundwinkel. Sie wischte sich den salzigen Geschmack von den Lippen und wollte gerade noch einmal ihr Taschentuch aus der Hosentasche ziehen, als sie etwas am Himmel bemerkte. Es sah aus wie eine kleine Scherbe, die das Sonnenlicht reflektierte und dabei funkelte wie ein Stern. Lucy zwinkerte ein paar Mal und kniff die Augen ein wenig zusammen, um es besser erkennen zu können, als plötzlich die Zuschauer anfingen laut zu jubeln und zu klatschen. Unbeteiligt wandte sie sich um und sah wie Mark Vrender Anlauf nahm und zum Sprung ansetzte. Miri stand daneben und klatschte aufgeregt mit. Lucy huschte ein kurzes Lächeln über die Lippen. Er war Miriams großer Schwarm. Und nebenbei bemerkt der beste Sportler von allen, was wohl die große Aufregung der Zuschauer erklärte. Als er ein weiteres Mal den Vereins-Rekord gebrochen hatte, blickte Lucy wieder über die Bäume und stellte überrascht fest, dass das Funkeln näher gekommen war. Zumindest vermutete sie das. Es war jetzt viel deutlicher und heller. Und obwohl es immer noch winzig klein war, entdeckte sie jetzt verschiedene Farben darin.

Mal rot, dann blau und einen Moment später grün und violett. Aus dem Augenwinkel bemerkte sie nun, dass auch ihr Platznachbar auf das Funkeln aufmerksam geworden war, seine Begleiterin anstupste und in den Himmel zeigte.

»Vielleicht ein Stück von einem Satelliten, oder so?«, sinnierte sie und hielt sich die Hand über die Augen, um die blendende Sonne damit abzuschirmen.

»Quatsch!«, entgegnete der Mann.

Und dann ging alles so schnell, dass Lucy auf die vielen Dinge, die in den nächsten Sekunden passierten, nicht mehr reagieren konnte. Es geschah alles gleichzeitig. Sie wandte sich zunächst um, um sich in das Gespräch ihrer Platznachbarn einzubringen. Dann sah sie das erschrockene Gesicht der Frau. Sie blickte Lucy mit aufgerissenen Augen an, zuckte zugleich zusammen und riss ihren ganzen Körper zur Seite. Ihren Mann zog sie mit sich. Im selben Moment spürte Lucy, wie ein stechender Schmerz sie wie ein Pfeil an der Hand traf und ihren Arm mit einer solchen Wucht nach hinten riss, dass sie mit mehreren Überschlägen rückwärts von der Tribüne flog. Sie hörte einen kurzen, hellen Schrei, während sie durch die Luft schleuderte. Dann schlug sie dumpf auf der Wiese auf.

Ihre Hand brannte wie Feuer. Die Geräusche um sie herum sausten davon, als führe sie auf einer Autobahn am Geschehen vorbei. Aus weiter Ferne hörte sie Rufe. Hilferufe. Sie wollte aufstehen und nach ihrer Hand greifen, in der das Blut zu kochen schien. Aber sie konnte ihren Körper nicht bewegen. Ihre Reflexe waren wie ausgeschaltet. Alles fühlte sich weich an. Wie Butter, die in diesem Moment in der Sonne schmolz und sich auf der Wiese verteilte. Und sie spürte nicht einen einzigen Muskel oder Knochen in ihrem Körper. Sie lag nur – ihr Bein seltsam verdreht – auf dem Rücken und starrte nach oben.

Über ihr verbogen sich die Bäume. Sie wölbten sich als würde jemand einen Ballon unter ihnen aufblasen und sie zur Seite drücken. Und die Pollen, die durch diesen unsichtbaren Ballon flogen, verwandelten sich in fußballgroße Wattebällchen. Dann verschwamm alles vor ihren Augen. Und als sie die Umrisse der Menschen sah, die auf sie zu eilten, wurde plötzlich alles ganz dunkel.

2

Schicksal

Nikolas lehnte am Fensterrahmen und sah nachdenklich hinaus. Sein Apartment lag im obersten Stockwerk. Von hier aus hatte er einen guten Blick auf die Parkanlage vor der Stadt, aus derer Mitte sich der große Kuppelsaal erhob. Er konnte genau das Loch sehen, das er vor wenigen Stunden in sein gläsernes Dach geschossen hatte. Es funkelte im Sonnenlicht wie ein kleiner Stern, der sich auf das hellblaue Glas gesetzt hatte. Das ganze Gebiet um das runde Gebäude herum war abgesperrt und mit grün uniformierten Gardisten bestellt, die das Gelände nach Splittern absuchten. In ihren Händen hielten sie die Ortungsgeräte, die speziell für diesen Ausnahmefall angefertigt worden waren. Vor 10 Jahren.

Als hätten sie es gewusst, dachte er. Wahrscheinlich *hatten* sie es auch gewusst. Wofür würden sie Geräte solcher Art sonst jemals brauchen können? Ganz sicher nicht, um den riesigen Kristall zu orten, der sich innerhalb des Kuppelsaals befand. Wer würde je auf die Idee kommen einen solchen Koloss auch nur ein paar Zentimeter zu bewegen? Oder gar zu stehlen. Dieses Ding konnte höchstens beschädigt werden. Von jemandem wie Nikolas Key – einem ungehorsamen Gardisten, der manchmal einfach die Kontrolle über sich verlor. Und über seine

Kräfte. Er seufzte schuldbewusst und beobachtete seine Kameraden, wie sie über die Wiesen huschten und die Splitter suchten, die *er* von dem Kristall abgesprengt hatte. Sie würden nur einige davon finden können. Die anderen – und das machte ihm ein wenig Sorgen – waren schon lange nicht mehr hier.

Er nahm einen tiefen Atemzug und drehte sich um, bevor es an der Tür klopfte. Alea trat in den Raum. Eine der höchsten Gardisten des Landes. Ihre Uniform war blütenweiß, mit violetten Streifen abgesetzt. Das Wappen von Lumenia trug sie nicht auf der Schulter, so wie er, sondern auf der Brust. Nach ihr betraten seine Freunde Paco und Hilar den Raum und machten Gesichter wie auf einer Beerdigung. Wie auf *seiner* Beerdigung.

»Quidea wartet«, sagte Alea und deutete mit der Hand in Richtung Tür.

Nikolas zögerte einen Moment und ließ den Blick ein letztes Mal durch sein Zimmer schweifen. Er war sich nicht sicher, ob er jemals zurückkehren würde. Es bestand eine geringe Chance, aber sie schwand mit jeder Minute, die verstrich. Er spürte genau, was auf ihn zukommen würde. Er konnte die Zukunft nur nicht in Bilder und einzelne Szenen und Situationen verpacken und sie vor seinem inneren Auge abspielen, so wie er es gewohnt war. Sie lag im Dunkeln. Nur ein Gefühl, eine dunkle Vorahnung half ihm ein wenig Klarheit über die zukünftigen Ereignisse zu erlangen, die auf ihn zukamen.

Er nahm noch einmal einen tiefen Atemzug und ging dann erhobenen Hauptes zur Tür. Als er an seinen Freunden vorbeiging, boxte er Hilar gegen die Schulter und grinste aufheiternd.

»Macht nicht solche Gesichter. Ist doch kein Weltuntergang.«

Sie seufzten gequält und folgten ihm. Der Apartmentkomplex war direkt mit dem Gardezentrum verbunden. Es würde nicht lange dauern, bis sie den Versammlungsraum erreichten und auf Quidea trafen. Ihren Mentor. Und König. Aber der Weg dorthin erschien ihnen wie eine Ewigkeit. Keiner von ihnen sagte ein Wort, während sie mit gesenkten Köpfen durch die langen und lichtdurchfluteten Gänge schritten. Aber sie konnten jeden Gedanken des anderen hören und jede Gefühlsregung spüren. Sie hatten sich alle für diesen letzten gemeinsamen Marsch weit geöffnet und jedem den Zutritt zu ihren ganz persönlichen Gedanken- und Gefühlswelten gewährt. Sogar Alea hatte ihre gedankliche Barriere eingerissen und sich in den inneren Dialog eingebracht.

Es wird alles gut, dachte sie mit ihrer sanften und weichen Stimme.

Ich weiß, entgegnete Nikolas. *Auch wenn ich nichts sehen kann.*

Das liegt wohl an dem niedrigen Schwingungsniveau, dachte Paco. *Von hier aus in die Gegenwelt zu blicken, gelingt wahrscheinlich nicht einmal Quidea. Da drüben ist alles anders.*

Nikolas nickte.

Ich werde dich vermissen, Alter! Das war Hilar. Seine Stimme drang viel lauter und energischer durch ihre Köpfe und auch seine Gefühle waren forscher und aufwühlender. Er war wütend. Und traurig. Er sprach es nie wirklich aus, aber er betrachtete Nikolas als seinen besten Freund. Er war der Mensch, der ihm an nächsten stand. Schon seit seiner Kindheit.

Nikolas wandte sich leicht um und warf ihm einen

vertrauten Blick zu. Das typische, freche Grinsen eines Kindes, das etwas ausgeheckt hatte und sich nicht das Geringste aus der Bestrafung machte. Hilar lachte in sich hinein.

Du wirst dich nie ändern.

Nein.

Gut so.

Dann war es still zwischen ihnen. Nur Gefühle sprangen von einem zum anderen und Bilder aus der Vergangenheit. Bilder aus ihrer Kindheit. Paco brachte sich mit einer Szene ein, die ihn für immer an Nikolas gebunden hatte. Das Bild war so klar und deutlich wie ein Film vor ihren inneren Augen. Keiner versuchte es mit seinen eigenen Bildern zu verdrängen. Sie alle sahen zu, wie Paco als junger Gardist vor dem Ältestenrat stand und für etwas zur Rechenschaft gezogen werden sollte, das er bis heute nicht bereute. Er hatte seine Kräfte gegen einen weißen Gardisten eingesetzt. Nicht direkt, sondern aus der Entfernung heraus und auf eine hinterhältige Weise, so dass niemand genau sagen konnte, wer der Übeltäter war – was ein schwieriges Unterfangen war in einem Land, in dem jeder einfach *alles* wusste. Nikolas war ihm zur Hilfe gekommen. Er hatte jede erdenkliche Regel gebrochen, um ihn aus dieser Situation zu boxen und alle Schuld auf sich zu nehmen. Es sei ein übler Scherz gewesen. Er habe seine Kräfte testen wollen. Der Kerl habe ihn einfach wütend gemacht. Das waren seine Argumente gewesen.

Ich habe die Kontrolle verloren, fügte Nikolas der Liste grinsend hinzu und sah ihn kameradschaftlich an.

Paco blieb ernst.

»Du hast dafür eine harte Strafe erhalten. Eine Strafe, die mir gegolten hätte«, sagte er nun laut.

»Sie haben mich nicht annähernd so hart bestraft, wie sie dich bestraft hätten, glaub mir.« Er nutzte die Sonderstellung, die er in Lumenia genoss, zwar nicht aus, aber sie kam ihm oft sehr gelegen.

Paco senkte wieder den Kopf.

Ich werde dir das nie vergessen.

Jetzt schnaubte Nikolas entnervt. »Wenn du es nicht endlich vergisst, werde ich es dir irgendwann aus deinem verflixten Schuldbewusstsein prügeln, Junge!«

Paco grinste. Ja, so kannte er Nikolas. Und so wollte er ihn für immer in Erinnerung behalten.

»Ich wusste es nicht«, sagte Alea, während sie weiter kühl geradeaus blickte. Sie versuchte so unberührt wie möglich zu klingen, obwohl ihr klar war, dass sie ihre freundschaftlichen Gefühle genau spüren konnten. Aber die Verantwortung, die sie trug, zwang sie dazu, einen kühlen Kopf zu bewahren. *Darf ich den Grund erfahren?*

Nikolas sah seinen Freund fragend an. Dieser nickte und schickte Alea das Bild der Frau, die er geliebt hatte. Die er immer noch liebte. Nach einer Weile seufzte sie schwer.

Ich verstehe, dachte sie. *Ich kenne Linn. Sie spricht oft von dir.*

Der Mistkerl hat sie ihm weggenommen!, fluchte Hilar in Gedanken so laut, dass sie alle zusammenzuckten. *Dieser hinterhältige …*

Nikolas durchbrach seine Gedanken und warf ihm einen warnenden Blick zu. »Reiß dich zusammen!« Er konnte seine Wut zwar verstehen, aber er wusste auch, wie gefährlich es war, die Kontrolle über seine Gefühle zu verlieren. Besonders hier in Lumenia. Vermutlich wusste das keiner so gut wie er. Er hatte oft genug die durchschlagende Kraft von übersprudelnden Emotionen erlebt. Das letzte Mal an diesem Morgen.

Es wird unter uns bleiben, dachte Alea nun und warf allen ein sanftes Lächeln zu. *Sie denken immer noch, dass du es warst, Niko. Quidea ist wahrscheinlich der Einzige, der die Wahrheit kennt.*

Er kennt immer die Wahrheit, entgegnete Nikolas und hielt für alle die große Tür auf, die zur Empfangshalle führte. Am Ende der Halle befand sich schließlich der Versammlungsraum. Die Gefühle und Gedanken seiner Freunde wurden zunehmend unruhiger. Sie tosten wild durch ihr Bewusstsein und als sie drohten Überhand zu nehmen, blieb Nikolas stehen und wandte sich zu ihnen um.

»Okay«, sagte er und machte eine beruhigende Geste mit den Händen. »Jetzt kommt mal wieder runter. Es wird schon werden. So schlimm ist es da drüben nun auch wieder nicht«, log er und er wusste nicht, wer seinen Worten weniger Glauben schenkte. Seine Freunde oder er selbst. »Ich erledige das schnell und bringe euch ein Souvenir mit, alles klar?« Damit beendete er seine Rede und wollte sich schon wieder umdrehen, als Paco wieder das Wort ergriff.

»Niko« Seine Stimme klang schwach und ängstlich. »Du weißt, dass die Chancen nicht sehr gut stehen, dass du überhaupt zurückkommst. Ich habe kein gutes Gefühl bei der Sache.«

Einen Moment lang sagte niemand etwas. Aber dann verzog Nikolas seinen Mund zu einem ehrlichen, selbstbewussten Grinsen und hielt ihnen die Hand hin.

»Wie wär's mit 'ner Wette?«

Paco und Hilar tauschten einen irritierten Blick und lachten.

»Du wirst dich wirklich niemals ändern, oder?«

»Nein«, sagte Nikolas und hob selbstsicher den Kopf. »*Ich* bestimme über mein Schicksal. Ganz egal, wie es jetzt aussieht oder wie es sich anfühlt, es wird letzten Endes *meine* Handschrift tragen. So wie immer.« Und das konnte er sich auch ohne den geringsten Zweifel glauben. Er vertraute seinen Kräften und seinen Fähigkeiten und dieses Vertrauen würde er sich nie wieder nehmen lassen.

Sie legten erleichtert die Hände auf seine und nickten.

»Ja, wie immer.«

Alea legte ihre Hand ebenfalls auf die Verbindung der Freunde und lächelte.

»Keine Wette«, sagte sie. »Du hast Recht. *Du* bestimmst über dein Schicksal und ich weiß, ich fühle, dass es gutgehen wird. Egal wie. Auch wenn ich, wenn keiner von uns in die Gegenwelt blicken kann, um die Zukunft zu sehen. Aber...«, sie hielt einen Moment inne und sah Paco und Hilar an, »wenn du es wirklich zu deinen Freunden zurück schaffst, schenke ich dir etwas aus der ganzen Kraft meiner Fähigkeiten als weiße Gardistin.«

»Du willst mich mit einem Geschenk zurück locken?«, lachte Nikolas.

»Ich will die beiden nicht heulen sehen«, entgegnete sie kühl mit hochgezogener Augenbraue. »Außerdem wird es ziemlich langweilig sein, wenn du hier nichts mehr anstellst.«

»Von mir kriegst du auch etwas«, sagte Paco nun. »Etwas Großes!«

Nikolas lachte herzlich, aber innerlich war er tief ergriffen. Es war eine große Geste, jemandem etwas aus seinen Fähigkeiten heraus zu schenken. Etwas für jemanden zu *erschaffen*. Ein solches Geschenk kam einer Offenbarung der eigenen Seele gleich. Es war als würden sie ihm Teile ihrer Persönlichkeit schenken. Und egal wie die Geschenke aussehen würden, sie würden ihr Bewusstsein in sich tragen. Ihre Gefühle und Gedanken. Ihre Zuneigung. Ein solches Geschenk nicht anzunehmen war die größte Beleidigung, die man sich vorstellen konnte. Es blieb ihm gar nichts Anderes übrig. Er *musste* zurückkommen. Und das wussten sie auch.

Hilar verschränkte nun die Arme vor der Brust und grummelte. »Und von mir kriegst du 'nen Tritt, wenn du nicht zurückkommst. Ich komme persönlich vorbei und reiß dich an deinen Locken zurück! Das schwöre ich!«

Nikolas lachte, klopfte seinem Freund auf die Schulter und ging schließlich seufzend zur Tür. Seine Freunde folgten ihm auf dem Fuße. Dann betraten sie gemeinsam einen imposanten Raum – die eine Hälfte mit Stühlen bestückt, auf denen offenbar die gesamte Belegschaft des Gebäudes saß und sie stumm anstarrte und auf der anderen Seite mehrere, lange Pulte voller Computer und Monitore. Hinter den Pulten erstreckte sich eine riesige Leinwand, auf der eine Satellitenaufnahme zu sehen war. Mehrere kleine, rote Lichter blinkten über den ganzen Bildschirm verteilt. Eines direkt über Quidea's weißem Kopf. Er stand mit verschränkten Armen vor der Leinwand und wartete geduldig bis Nikolas, Paco und Hilar endlich zu ihm nach vorn traten. Alea setzte sich zu den anderen Gardisten direkt vor einen der Pulte und tippte etwas in einen Computer. Dann ergriff Quidea das Wort.

»Diese Karte zeigt nicht *unser* Land«, bestätigte er ihre Vermutungen. »Einige der Splitter haben den Schutzwall durchbrochen und befinden sich jetzt auf der anderen Seite.«

Hilar verschränkte missbilligend die Arme vor der Brust und brummte. »Wie ist das überhaupt möglich?«, fragte er protestierend. Er war sich nicht sicher wogegen er überhaupt protestierte. Womöglich nur gegen die Tatsache, dass sein bester Freund auf eine Mission geschickt werden sollte, von der er vielleicht nie zurückkehren würde. »Ich dachte der Schutzwall kann nicht durchbrochen werden?«

Quidea kam langsamen Schrittes auf ihn zu und ließ gemächlich seine Hände in die Hosentaschen sinken. Mit geneigtem Kopf sah er ihn an.

»Der Schutzwall wurde aus der Energie des Kristalls erschaffen«, sagte er milde. »Was glaubst du ist die einzige Macht, die ihn durchbrechen kann?«

Hilar verstummte sofort und senkte den Kopf. Quidea hatte die faszinierende Fähigkeit jemandem mit einem einzigen Blick klarzumachen, dass es nichts nützte, sich gegen die Wirklichkeit aufzulehnen. Der Kristall war beschädigt. Das war eine Tatsache. Und die Splitter waren in einer anderen Welt gelandet.

»Und sie müssen zurückgeholt werden«, führte Quidea seine Gedanken zu Ende. »Wir schicken mehrere Truppen hinüber, um sie zu finden.«

»Wie viele sind es denn?«, fragte Paco und kam mit seiner Frage Nikolas zuvor.

Alea stand nun wieder auf, nahm einen Stock vom Pult und deutete damit auf die rot blinkenden Lichter. »Insgesamt acht«, sagte sie. »Die Stücke müssen beim Übertritt zersprungen sein. Jetzt sind sie nicht größer als ein Stecknadelkopf, was die Suche erheblich erschweren wird.

Aber mit unseren Geräten sollten wir sie trotzdem schnell finden können. Nur einer von ihnen macht uns Sorgen.«

Quidea hob die Hand und Alea hielt sofort inne.

»Ich möchte, dass *du* dich um diesen Splitter kümmerst«, sagte er zu Nikolas und sah ihn dabei mit einem bedeutsamen, weisen Lächeln an. »Ich habe bereits einen Trupp zusammengestellt. Es sind jeweils drei Gardisten für einen Splitter zuständig. Du wirst mit Alea reisen.«

Nikolas wagte es nicht zu widersprechen, obwohl er starke Bedenken hatte, auch nur einen Fuß in die Gegenwelt zu setzen. Wieder. Er wusste kaum noch etwas von der Zeit, die er dort verbracht hatte. Nur das Chaos und das Leid war ihm immer in Erinnerung geblieben. Und der Schmerz. Der tief sitzende Schmerz von Verlust und das zerreißende Gefühl, machtlos zu sein. Und völlig ausgeliefert. Erst, als er Lumenia betreten hatte, waren die Wunden geheilt, die ihm die Welt, in die er geboren worden war, zugefügt hatte. Und er war sich nicht sicher, ob er der Herausforderung gewachsen war, sie erneut zu betreten. Tief im Inneren hatte er Angst, dass sich das Leid und die Krankheit des Vergessens, unter der diese Welt litt, erneut auf sein Bewusstsein auswirken und er deshalb nicht mehr zurückfinden würde. Quidea legte eine Hand auf seine Schulter und sah ihn mitfühlend an.

»Vertraue mir, Nikolas. Du wirst uns den Splitter zurückbringen und keinen Schaden davontragen. Egal, wie lange du in dieser Welt verweilst. Ich glaube an dich. Das habe ich immer.«

Nikolas konnte Quideas Vertrauen in ihn nicht nachvollziehen. Er hatte in seinem Leben schon mehr Mist gebaut, als er jemals gutmachen konnte. Aber vielleicht war diese Mission ja eine Chance. Eine Möglichkeit zu beweisen, dass er nicht vollkommen ungeeignet für diesen Job war. Vielleicht konnte er es wirklich schaffen diesen Auftrag unbeschadet zu überstehen. Den Splitter zurückzubringen, ohne von der kranken und kaputten Gegenwelt und ihren Gefahren verschlungen zu werden. Vielleicht.

»Wo muss ich hin?«, fragte er und versuchte entschlossen zu klingen. Aber sein Gesicht und seine ganze Haltung drückten eher Unbehagen aus.

Alea deutete mit dem Stock auf ein rotes Licht inmitten einer Stadt. Einer der Gardisten an den Pulten zoomte das Bild heran und hielt inne, als man den Stadtkern erkennen konnte. Die Häuser, Straßen und Bäume und sogar die Menschen, die in den Straßen auf und ab gingen, waren so gut zu sehen, dass Nikolas glaubte schon mitten in dieser Welt zu stecken, vor der er sich so fürchtete. Der Gardist schwenkte nun ein wenig nach rechts und hielt an einem großen, grauen Gebäude an. Das rote Licht blinkte direkt an der obersten linken Ecke des Hauses.

»Es handelt sich hierbei um ein Krankenhaus, Nikolas«, sagte Quidea mit rauer Stimme und kratzte sich an seinem Drei-Tage-Bart, wobei er Nikolas aufmerksam beobachtete. »Der Splitter befindet sich in einem Menschen.«

3

Ein neues Leben

Als Lucy aufwachte, hatte sie fürchterliche Kopfschmerzen. Aber wenigstens war das Brennen in ihrer Hand verschwunden. Es hatte noch den ganzen gestrigen Tag angehalten und sie fast um den Schlaf gebracht. Was auch immer sie da getroffen hatte, es hatte offenbar keine schlimmere Verletzung hinterlassen. Vielleicht war es wirklich ein Stück von einem Satelliten gewesen. Oder von einem Flugzeug. Sie schwang die Beine aus dem Bett und betrachtete ihre Hand abschätzend, wobei sie sie mehrmals hin und her drehte. Es war nur ein kleines Mal zurückgeblieben. Ein kleiner, roter Fleck, der aussah wie eine Welle oder wie eine kleine Wolke. Sie drückte mit einem Finger auf die rote Stelle, so wie es die Ärzte gestern unzählige Male getan hatten, und spürte immer noch kein Stechen. Es war wohl wirklich nicht in die Haut eingedrungen. Es hatte sie nur getroffen. Ziemlich hart sogar. Schon wieder schoss ihr das Bild durch den Kopf, wie sie von der Tribüne geschleudert wurde. Sie schauderte kurz, schüttelte den Gedanken aber schnell wieder ab und ging ins Bad.

Es war schon wieder sonnig. Und viel zu warm natürlich. Wahrscheinlich würde sie erneut den ganzen Tag mit ihrem Kreislauf zu kämpfen haben. Ganz zu schweigen von den

Pollen. Schnell öffnete sie den Medizinschrank, um dem Schlimmsten entgegenzuwirken. Sie holte allerlei Medikamente heraus und stellte sie vor sich auf den Tisch. Antiallergika, Schmerzmittel, Salben, Vitamine, Mineralien und diverse andere Tablettenschachteln und Döschen. Die Karaffe mit Wasser stand schon seit gestern Abend da. Sie goss das Wasser in ein hohes Glas, kratzte sich gewohnheitsmäßig noch die Armbeugen, an denen sich ihr Ausschlag jeden Morgen bemerkbar machte, und griff schon nach der ersten Tablettenschachtel, als sie plötzlich inne hielt. Ihr ausgestreckter Arm schwebte erstarrt in der Luft. Ungläubig betrachtete sie die Stelle, die sie gerade gekratzt hatte und wagte es nicht auch nur ein einziges Mal zu blinzeln. Ihr Arm, von der Armbeuge nach oben und unten und zu den Seiten hin auslaufend hätte tief rot, schuppig und voller Pusteln sein müssen. So wie jeden Morgen. Seit 15 Jahren!

Aber da war nichts! Da war absolut gar nichts! Ihre Haut war glatt und makellos. So makellos wie Haut nur sein konnte. Wie Haut normalerweise sein *sollte*. Ihr Ausschlag war weg. Er war einfach verschwunden. Fassungslos berührte sie die Stelle an ihrem Arm, die sie schon gar nicht mehr gesund kannte und streichelte vorsichtig darüber. Sie fühlte sich glatt an. Und weich. Vollkommen gesund! Sie fühlte nicht den Hauch eines Juckreizes. Nicht einmal annähernd.

»Das gibt's nicht«, flüsterte sie und ließ die Tablettenschachtel wieder auf den Tisch fallen. Dann lief sie zum Spiegel, betrachtete ihr Gesicht und erschrak so sehr, dass sie ein kurzes, dumpfes »Ah!« ausstieß. »Nein, das gibt's nicht!«

Ihre entzündete, rote Nase, die vom vielen Naseputzen immer ganz schuppig und gereizt war, war völlig verheilt. Und erst jetzt bemerkte sie, dass ihre Nasenschleimhaut gar nicht brannte und vollkommen abgeschwollen war. Sie konnte ganz frei durchatmen. Ihre Augen waren nicht mehr rot und verkrustet, so wie jeden Morgen und ihr Teint wirkte ungewohnt frisch und gesund. Keine juckenden Pusteln, keine trockenen Stellen, keine Augenringe!

Erschrocken trat sie einige Schritte von dem Spiegel zurück und spürte weiter in sich hinein. Die Schwäche in ihrem Körper, die Benommenheit in ihrem Kopf, der niedrige Blutdruck... alles war verschwunden! Das musste ein Traum sein. Das konnte einfach nicht wahr sein! Wie in Trance schwebte sie durch den Flur in Richtung Küche. Dann nahm sie sich die Mahnungen und Rechnungen vom Tisch, die schon seit Wochen dort lagen, weil sie sie nicht bezahlen konnte. Sie fühlten sich echt an. Dann setzte sie sich die Brille auf, um die roten Zahlen zu lesen. Sie würden sie schon wieder in die Wirklichkeit zurückrufen, hoffte sie. Sie musste sich in einer Art Halbschlaf befinden. Vielleicht schlafwandelte sie sogar?! Dann hielt sie abermals inne. Sie konnte durch die Brille nichts sehen. Die Welt um sie herum war plötzlich so verschwommen und verzerrt, dass sie nicht einmal genau sagen konnte, was sie da eigentlich in der Hand hielt. Das Papier sah aus wie eine dicke, weiße Wolke. Dann setzte sie die Brille wieder ab und betrachtete die Gläser. Sie waren völlig in Ordnung. Kein Schmutz, keine Schmiere oder sonst irgend ...

Endlich dämmerte es ihr. Sie betrachtete erschrocken das Blatt in ihrer Hand und drehte dann die Brille mit den dicken Gläsern, die sie offenbar nicht mehr benötigte, hin und her. Sie sah die ganze Welt mit einem Mal so klar und scharf, wie noch niemals zuvor.

»Was geht hier vor?«, flüsterte sie, ließ die Brille und die Mahnungen wieder auf den Tisch fallen und drehte sich im Kreis, um ihre Sehkraft an verschiedenen Gegenständen zu testen. Sie konnte sogar die winzige Schrift auf der Müsli-Packung lesen, die oben auf dem Kühlschrank stand.

Dann fielen ihr weitere unfassbare Veränderungen auf. Ihr Herz schlug ruhig und gelassen. Das stechende Magengeschwür, das ihr Arzt vor einer Woche (schon wieder) diagnostiziert hatte, spürte sie gar nicht mehr und das geöffnete Fenster, durch das erschreckend viele Pollen in den Raum flogen, machte ihr nicht das Geringste aus. Sie nahm einen tiefen Atemzug, wartete einen Moment und atmete dann noch einmal tief ein. Keine Atemnot. Kein Kitzeln in der Nase, kein Kratzen im Hals, keine tränenden Augen. Nichts.

Dann kniff sie sich in den Arm. So doll, dass sie laut »Aau!« schrie. Und trotzdem konnte sie nicht fassen, was sich hier abspielte.

Sie stand noch eine Weile regungslos da und versuchte eine Erklärung zu finden, aber keiner ihrer Gedanken schien plausibel genug zu sein. Sie hatte doch gar nichts verändert! Ihre Ärzte hatten ihr zwar oft genug gesagt, dass eine Veränderung ihres Lebens womöglich auch Auswirkungen auf ihr körperliches Befinden haben würde, aber ihr Leben war unverändert. Es war noch genauso wie gestern oder wie vor einer Woche oder zwei Jahren. Alles war wie immer. Hoffnungslos, trist und traurig. Sie war immer noch arm, immer noch einsam, steckte immer noch in einem Leben, das ihr nicht gefiel. Und dennoch...

Sie betrachtete ihre Hände, als könne sie dort eine Lösung finden und entschied sich schließlich ihrer Freundin Miriam einen Besuch abzustatten, um sie um Rat zu fragen. Vielleicht hatte sie eine Erklärung dafür. Sie hatte immer für *alles* eine Erklärung.

Sie duschte schnell und zog sich so rasch an, dass ihr hätte schwindelig werden müssen. Schnelle Bewegungen nach einer heißen Dusche waren für sie typische Ohnmachtsauslöser. Aber nicht heute. Ihr wurde weder schwarz vor Augen noch schwächelte sie, weil sie ohne Frühstück aus dem Haus gegangen war. Sie wunderte sich, dass sie überhaupt noch stehen konnte. Dennoch wollte sie ihrem knurrenden Magen etwas zu essen anbieten, also steuerte sie in der Innenstadt schnurstracks auf den Bäcker an der Ecke zu, aus dessen Richtung es so wunderbar duftete. Als sie vor der Theke stand, entschied sie sich sofort für irgendetwas Süßes.

»Eine Puddingschnecke, bitte«, bat sie voller Vorfreude. Sie hatte seit Jahren keine Backwaren mehr gegessen, weil sie die Inhaltsstoffe nicht vertrug. Egal, ob es Gluten, Weizen, Roggen, Zucker oder Süßstoff war, ihr Körper reagierte sofort mit Abwehr. Sie war sehr gespannt, ob sich auch das geändert hatte.

Als sie bezahlt hatte, eilte sie sofort mit ihrer Tüte aus dem Laden, packte ihre Puddingschnecke aus und biss so genüsslich sie nur konnte hinein. Der weiche Teig schmeichelte ihrem Gaumen und der süße Geschmack löste ein solches Glücksgefühl in ihr aus, dass sie die Augen schloss und vor Grinsen kaum den Mund geschlossen halten konnte, während sie langsam und ganz bewusst kaute. Es schmeckte köstlich! Sie genoss jeden Bissen und jede Sekunde, die verstrich. Dieser Tag entwickelte sich zu dem glücklichsten Tag ihres Lebens! Und wenn es nur ein Traum war, wollte sie nie wieder daraus erwachen. Als sie aufgegessen hatte, warf sie das Papier in die Mülltonne und sah auf ihre Armbanduhr. Sie wusste genau, wie lange ihr Körper brauchte, um zu erkennen, dass sich da etwas Böses in ihrem Magen befand. Normalerweise würde dann ihr Herz anfangen zu rasen, ihr Gaumen wund werden, ihr Magen übermäßig viel Säure produzieren, ihr gesamter Verdauungstrakt sich verkrampfen und ihre Haut juckenden Ausschlag erzeugen. Aber die Zeit verstrich. Und es passierte nichts. Gar nichts.

Sie hätte auf der Stelle jubelnd in die Luft springen können, um die ganze Welt zu umarmen! Sie konnte es nicht fassen. Sie war geheilt! Aus irgendeinem Grund war sie plötzlich von all ihren Beschwerden geheilt.

Sie drehte sich glücklich im Kreis und machte sich dann schnell auf den Weg zu Miriams Arbeitsplatz. Sie konnte es kaum erwarten ihr die frohe Botschaft zu überbringen. Vermutlich würde sie vor Freude ausflippen und sich den Rest des Tages frei nehmen. Schließlich hatte sie sich all das Leid jahrelang mit angesehen. Sie hatte akzeptieren müssen, dass Lucy nie in der Lage war irgendetwas mit ihr zu unternehmen. Ob es nun ein Sportfest im Sportverein war oder ein Kinoabend oder ein nettes Essen mit Freunden. Lucy hatte solche Einladungen immer ausschlagen müssen, weil sie die meiste Zeit krank im Bett verbrachte. Womöglich würde sich Miriam so sehr freuen, dass sie ihre Freundin erst einmal mit ins Kino schleppte oder ins Schwimmbad oder …

Mit einem Mal verlangsamte Lucy ihren Gang und

starrte wirr auf den Asphalt. Sie hatte plötzlich ein seltsames Gefühl. Eine Ahnung. Und sie breitete sich so schnell in ihr aus, dass sie sich erst einmal umsehen musste, um sicherzugehen, dass sie niemand beobachtete. Oder … verfolgte. Sie drehte sich nervös im Kreis und ließ den Blick ängstlich durch die Straßen streifen. Irgendetwas stimmte nicht. Sie spürte es so deutlich, als würde es ihr jemand in den Brustkorb hämmern und ihn dann mit einem Seil zuschnüren, damit das Gefühl ja nicht entweichen konnte. Sie wusste nicht, was es war, aber sie spürte genau, *dass* da etwas war. Dass irgendetwas auf sie zukam. Oder hatte sie jetzt Paranoia? Als sie nichts Ungewöhnliches entdecken konnte, ging sie langsam weiter. Aber das Gefühl blieb bestehen. Es schrie sie geradezu an, wegzulaufen. Warum auch immer. Sie verstand sich selbst nicht mehr. Noch einmal drehte sie sich um und sah die Straße hinunter. Die Leute hetzten – wie es für eine Großstadt üblich war – an ihr vorbei, strömten in die Geschäfte und wieder hinaus, aßen unterwegs Fastfood und unterhielten sich. Einige Jugendliche schwänzten offenbar die Schule und lachten über irgendeinen Witz und ganz weit hinten fiel ihr ein Mann in einer seltsamen Uniform auf. Er ging in ihre Richtung. Aber sie war jetzt zu abgelenkt, um sich über die Kleidung anderer Leute lustig zu machen. Sie blickte wieder den anderen Weg hinunter. Die Einkaufsmeile sah wie immer aus. Und die Menschen auch. Nur ein paar Männer stachen aus der Masse hervor. Sie trugen ebenfalls Uniformen. Aber diese Art von Uniform hatte sie schon einmal irgendwo gesehen. Waren das Offiziere? Es waren drei. Und ihre erschreckend finsteren Blicke waren auf sie gerichtet.

Lucy blieb stehen und sah die Männer an, die mit schnellen Schritten auf sie zukamen. Dann drehte sie sich wieder um und entdeckte einen weiteren Uniformierten an der Ecke des Bäckers. Hatte er schon da gestanden, als sie sich die Puddingschnecke gekauft hatte? Er sah sie ebenfalls an. Seine Uniform war grün. So wie die des Mannes, über den sie sich nicht hatte lustig machen wollen. Sie suchte ihn erneut in der Straße und stellte erschrocken fest, dass er jetzt viel schneller ging und direkt auf sie zu eilte. Und dabei ließ er sie nicht eine einzige Sekunde aus den Augen.

4

Lucy

Nikolas beschleunigte auf Aleas Befehl seinen Gang.

»Irgendetwas stimmt nicht«, hörte er sie durch das Headset sagen. Ihre Stimme klang besorgt.

»Was meinst du damit?« Einen Moment lang hörte er nur das Piepsen ihres Computers.

»Es scheint sich ein weiterer Splitter auf das Mädchen zuzubewegen«, erklärte sie.

»Was?«

Wieder war es einen Moment lang still.

»Das muss der Splitter sein, den wir nicht haben finden können. Hier stimmt etwas nicht. Schnapp dir das Mädchen und lauf, Niko!«

Nikolas rannte sofort los. An der Ecke, direkt vor dem Bäcker sah er seinen Kollegen Mine stehen, der alles mit angehört hatte und ihm erschrocken nachblickte. Dann lief er ebenfalls los.

»Sie kommen aus der anderen Richtung! Beeil dich!«

Nikolas rannte so schnell er konnte an den Menschen vorbei, ignorierte ihre erstaunten Blicke und ließ das Mädchen nicht aus den Augen. Sie stand mitten auf dem Platz und blickte ihn erschrocken an. Er würde sie einfach mit sich reißen müssen. Etwas Anderes blieb ihm nicht übrig. Aber wo sollte er mit ihr hin?

»Links die Straße entlang«, antwortete Alea auf seine Gedanken. »Lauf so lange, bis du einen Park erreichst. Wir halten dir den Rücken frei. Was auch immer da auf uns zukommt, bereitet euch auf einen Kampf vor!«

»Jawohl!«, hörte Nikolas seinen Kollegen sagen. In seiner Stimme klang Angst und Unsicherheit mit.

Als er endlich das Mädchen erreichte, griff er nach ihrer Hand und riss sie so heftig mit sich, dass sie durch den Ruck einen kurzen Schrei ausstieß. Aber es blieb ihr nichts anderes übrig, als mitzulaufen. Nikolas war schnell. Und er war um einiges stärker als sie. Verzweifelt versuchte sie ihre Hand aus seinem Griff zu lösen und schrie ihn dabei immer wieder an.

»Es tut mir leid!«, rief Nikolas, während er mit ihr die Straße hinunter rannte.

»Lass mich looos!«

»Es ist zu deinem eigenen Schutz. Vertrau mir!«

»Spinnst du?? Lass mich los! POLIZEI! HIIILFE!«

Nikolas spürte, wie sich hinter ihnen etwas Bedrohliches zusammenbraute. Dann hörte er Mine fluchen: »Verdammt, wer sind die Typen?«

»Sie müssen von dem Unfall erfahren haben. Sie wollen den Splitter!«, keuchte Alea.

Aber er konnte sich nicht umdrehen, um nachzusehen, was sich hinter ihm abspielte. Er musste den Kristallsplitter in Sicherheit bringen. Das war seine Aufgabe. Die Aufgabe, die Quidea ihm anvertraut hatte. *Ich kann ihn nicht schon wieder enttäuschen*, dachte er in sich hinein. Doch ein Teil von ihm kämpfte mit aller Kraft gegen diese Vernunft an. Es war dieser starrköpfige, unfolgsame Teil in ihm, der immer gewann, wenn er solche inneren Kämpfe mit sich austrug. Der Teil, der ihn immer in Schwierigkeiten gebracht hatte, ihm aber auch immer half die Menschen zu beschützen, die ihm wichtig waren. Aber dieses Mal konnte er nicht nachgeben. *Nicht nach allem, was ich verbockt … ach verdammt!*

Plötzlich blieb er so abrupt stehen, dass Lucy dabei hinfiel und sich das Knie aufschlug. Er half ihr schnell auf und drehte sich dabei um, so dass er in Aleas Richtung sehen konnte. Die Menschen waren dem Geschehen glücklicherweise aus dem Weg gegangen, so dass er freie Sicht hatte. Alea und Mine standen vor den drei Männern und ließen sie nicht vorbei. Sie diskutierten über irgendetwas. Dann zog einer von ihnen eine Schusswaffe und richtete sie auf Aleas Kopf.

Lucy schnappte erschrocken nach Luft. »Oh mein Gott!«, flüsterte sie entsetzt, wich einen großen Schritt zurück und wippte sogleich wieder nach vorn, weil Nikolas sie immer noch festhielt. Er stand wie angewurzelt da, sein Blick starr auf die Männer gerichtet.

Auf einmal spürte Lucy, wie seine Hand heiß wurde und sein ganzer Körper eine durchdringende, kribbelnde Wärme ausstrahlte. Sie wandte sich wieder um und sah nun, wie der Mann erschrocken die Waffe losließ und sie in unzähligen, winzigen Teilchen zu Boden rieselte. Lucy kniff die Augen zusammen und sah noch einmal genauer hin. Doch von der Waffe war nichts mehr zu erkennen, als ein kleiner, schwarzer Haufen von Einzelteilen. Stirnrunzelnd sah sie Nikolas wieder an, der nun ein zufriedenes Gesicht machte und erleichtert aufatmete.

Ich sagte, du sollst mit ihr weglaufen, schimpfte Alea ihn in Gedanken an. *Ich habe hier alles im Griff!*

Bin schon weg.

Dann drehte er sich um, festigte den Griff um Lucys Hand und wollte gerade loslaufen, als er erschrocken feststellte, dass aus der anderen Richtung ebenfalls uniformierte Männer auf sie zukamen. Er stockte kurz und lief dann mit Lucy eine Seitenstraße entlang. Dieses Mal lief er noch schneller. Lucy stolperte mehrfach über ihre eigenen Füße. Sie war es nicht gewohnt zu rennen. Sie rannte nie. Dafür war sie immer viel zu schwach gewesen. Und viel zu krank.

»Ich kann nicht mehr!«, keuchte sie.

»Reiß dich zusammen, wir sind gleich da!«

Als sie endlich den Park erreichten, liefen sie noch ein Stück über die Wiese und blieben dann schließlich im Schatten, unter einem Baum stehen. Nikolas drehte sich sofort um.

»Alea?«, sagte er und tippte mit dem Finger auf sein Headset, während Lucy nach Luft ringend zusammensackte und sich auf die Wiese kniete. »Alea? Bei euch alles okay?«

Ein Knacksen und Rauschen drang an sein Ohr und dazwischen Aleas abgehackte Stimme: »... vorbei ... müssen ... treffen ... Portal«

»Was?«, rief Nikolas. »Ich kann nichts verstehen!«

Er versuchte sie mit seinen Gedanken zu erreichen. Aber seine Worte irrten ins Leere.

»Portal ... Portal!«, rief sie.

Dann war die Verbindung unterbrochen. Schnell zog er einen winzigen Computer aus seiner Hosentasche und klappte ihn auf. Auf dem Bildschirm war ein Stadtplan zu sehen. Ein kleiner Bereich leuchtete blau auf. Alea hatte ein weiteres Portal geöffnet.

»Du musst mit mir kommen«, sagte Nikolas und blickte zu Lucy hinunter, die immer noch keuchend auf der Wiese kniete.

»Jetzt!«

Sie sah mit hochrotem Kopf zu ihm auf und zog wütend die Augenbrauen zusammen.

»Du hast sie wohl nicht alle! Ich gehe nirgendwo hin!«, rief sie atemlos. »Was ist hier überhaupt los?«

Einige Leute wurden auf die beiden aufmerksam und blieben stehen. Dann kniete sich Nikolas vor sie hin und blickte sie eindringlich an.

»Ich kann dir den Splitter auch gleich hier entfernen, aber dann wird es leider ziemlich schmerzhaft für dich«, flüsterte er.

Lucy machte große Augen. »Splitter?«

»Er befindet sich seit gestern in deinem Körper«, erklärte er leise. »Ich muss ihn dir herausholen, aber das geht nur, wenn dich Alea lokal betäubt.«

Lucy lief es sofort eiskalt den Rücken hinunter. Sie erinnerte sich an den Unfall und das glitzernde Etwas, das auf sie zugeflogen war und sie mit der Wucht einer Abrissbirne an der Hand getroffen hatte.

»Was ist das für ein Splitter?«, fragte sie ängstlich.

Nikolas griff jetzt nach ihrer Hand und zog sie hoch. »Unwichtig. Wir müssen los.«

Sie stolperte mit ihm, wobei sie ihn von der Seite betrachtete. Seine grüne Uniform sah befremdlich aus und das verschnörkelte, seltsame Symbol auf seiner Schulter, das wohl ein Wappen darstellen sollte, fesselte für einen Moment ihren Blick.

»Kommst du vom Militär oder so?«

Er reagierte nicht. Er ging einfach weiter und blickte stur geradeaus. Lucy betrachtete sein ernstes Gesicht von der Seite und seine schönen, weichen Gesichtszüge. Und als sie bemerkte, wie sie in stiller Bewunderung versank, rief sie sich kopfschüttelnd zur Vernunft.

»Wenn du mir nicht sagst, was hier los ist, gehe ich nirgendwo hin!«, schimpfte sie. »Du könntest genauso gut ein Irrer sein, der zufällig beobachtet hat, wie mich dieses Ding von der Tribüne geschleudert hat.«

Plötzlich sah er sie einen Moment lang nachdenklich an und machte dann ein schuldbewusstes Gesicht.

»Das tut mir leid«, sagte er so sanft, dass ihr augenblicklich alle Wut aus dem Körper wich. »Das war meine Schuld. Hast du dich dabei verletzt?« Wenn dem so war, würde er ihre Verletzungen heilen. Das war das Mindeste, das er für sie tun konnte, bevor er ihr den Splitter wieder abnahm und nach Lumenia zurückkehrte.

Lucy sah ihn verständnislos an. »Verletzt? Deine Schuld? Was … Ja, ich *habe* mich verletzt. Mein Bein war fürchterlich verdreht. Ich weiß nicht, ob es gebrochen war, aber es war plötzlich wieder geheilt.« Sie hielt einen Moment inne. »Genauso wie einige andere Dinge«, fügte sie noch hinzu und senkte den Kopf. Dann betrachtete sie ihr aufgeschlagenes Knie und erschrak. Die Schürfwunde war vollkommen verheilt. Es war nur noch ein wenig Blut zu sehen, aber die Wunde war geschlossen.

»Was zur Hölle...«

Nikolas hörte, wie sie die einzelnen Puzzleteile der letzten Ereignisse in ihren Gedanken verzweifelt zusammenzufügen versuchte und ihr langsam dämmerte, dass all die Veränderungen und die ungewöhnlich schnelle

Wundheilung, mit der sie plötzlich gesegnet war, vielleicht etwas mit dem Unfall zu tun hatten. Nikolas blieb stehen und betrachtete sie von oben bis unten. Offenbar war der Kristall schon lange genug in ihrem Körper, um ihr Energieniveau anzuheben und damit die Selbstheilung zu beschleunigen. Wenn er noch länger in ihrem Organismus blieb, würde er auch ihr Bewusstsein erweitern und ihre natürlichen Fähigkeiten wachrütteln. Ganz zu schweigen von der Gefahr, die auf Grund der gesteigerten Energie von ihren Gedanken und Gefühlen ausging.

»Was für andere Dinge?«, fragte er neugierig. Vielleicht hatte sie mit ihren Gedanken schon längst einen irreparablen Schaden angerichtet.

Auf einmal entzog sie ihm wütend ihre Hand und verschränkte die Arme vor der Brust. »Nix da! Erst erzählst du mir, was hier los ist!«

»Vergiss es!«

Als er wieder nach ihrer Hand greifen wollte, schrie sie so laut, dass sich wieder einige Leute umdrehten. Auf der anderen Straßenseite hörte er ein paar Männer rufen: »Hey! Was machst du mit dem Mädchen?«

Er nahm einen tiefen Atemzug und ignorierte sie einfach. »Weißt du nicht, dass Militärgeheimnisse nicht ausgeplaudert werden dürfen?« Vielleicht fiel sie ja auf diese Militärgeschichte herein und gab endlich Ruhe, dachte er.

»Also bist du doch vom Militär«, schloss sie aus seinen Worten.

»So etwas in der Art«, sagte er und trat nervös von einen Fuß auf den anderen.

»Und was ist das für ein Splitter?«

Nikolas sah sich hektisch um und seufzte. »Wir müssen jetzt wirklich hier weg. Ich will nicht, dass die Typen dich zwischen die Finger bekommen. Du hast doch gesehen, dass sie gefährlich sind.«

Sie fragte ihn zwar, was diese Leute überhaupt von ihr wollten, aber er hatte sie offenbar nicht gehört. Anstatt zu antworten, betrachtete er schon wieder seinen Minicomputer und machte dabei ein entsetztes Gesicht.

»Nein«, flüsterte er. »Verdammt!«

Lucy stellte sich auf die Zehenspitzen und warf einen Blick auf den Monitor. Er war schwarz.

»Was ist denn?«

Dann betrachtete er sie nachdenklich.

»Ich hätte es mir denken können«, raunte er heiser und steckte den Computer wieder weg. »Du hast ihm den Gar aus gemacht.« Ihre Kraft war bereits stärker, als er angenommen hatte.

Lucy schnappte empört nach Luft. »Ich? Ich hab ihn nicht einmal angefasst!«

»Komm jetzt bitte mit mir. Ich muss dir das Teil da herausholen, bevor du noch Schlimmeres anstellst.«

»Ich hab doch gar nichts gemacht!«

»Oh doch, das hast du«, sagte er kühl. »Das ist kein gewöhnlicher Kristall.« Dabei deutete er mit einem Nicken auf ihre Hand. Er spürte genau, dass sich der Splitter dort unter ihrer Haut befand. Als er sie kurz betrachtete, sah er das kleine, rote Mal. »Er hat dich verändert. Nicht nur auf materieller Ebene.«

Lucy blickte ihm in die stechend blauen Augen und vergaß dabei fast zu atmen. Sie waren praktisch türkis, wenn die Sonne direkt hinein schien.

»Was meinst du damit?«, flüsterte sie, wobei sie ihm lieber auf die Nase starrte. So konnte sie ihm wenigstens richtig zuhören, ohne von der Schönheit seiner Augen abgelenkt zu werden.

»Er hat dein Energiefeld erhöht, so dass du jetzt auf einer Ebene schwingst, in der du unmittelbar auf Materie einwirkst.«

Zwischen ihren Augenbrauen vertiefte sich eine Furche, während sie in seinem schönen Gesicht versuchte die Bedeutung der Worte zu begreifen, die er gerade zu ihr gesagt hatte.

»Willst du mich ver...«

»Vertrau mir einfach«, unterbrach er sie. »Ich weiß, dass das alles sehr verwirrend für dich sein muss, aber es ist sehr wichtig, dass du jetzt auf deine Gedanken achtest. Du musst auf sie aufpassen und sie kontrollieren. Versuche sie so positiv wie möglich zu halten. Dann kann nichts passieren.«

»Ich soll positiv denken?«, fragte sie spöttisch und stieß ein kurzes, hauchendes Lachen aus.

»Ja«, entgegnete er unbeirrt. »Positiv denken. Das bedeutet, du darfst an nichts Negatives denken.«

»Ich weiß, was das bedeutet!«, stieß sie verärgert hervor.

»Gut. Dann halte dich bitte daran.«

5

Gedanken

»Woher weißt du, dass sie dort sind?«, fragte Lucy. Sie standen vor einem Stadtplan direkt an einer Rolltreppe, die zu einer U-Bahn Station führte. Nikolas zeigte mit dem Finger auf einen Park im Osten der Stadt, in dem sich, wie er sagte, seine Leute befinden mussten. Wer oder was er und seine Leute waren, hatte er ihr immer noch nicht richtig erklärt. Nur, dass sie auf der guten Seite standen. Aber das konnte ja jeder von sich behaupten.

»Die Stelle hat mir der Computer angezeigt, bevor er abgestürzt ist.«

Sie machte ein kurzes, zischendes Geräusch und stemmte die Hände in die Hüften. »Ich kann mir nicht vorstellen, dass *ich* das gewesen sein soll. Ich habe doch gar nicht negativ gedacht.« Sie konnte nicht fassen, was sie da sagte. Wollte er ihr wirklich weismachen, dass ihre Gedanken seinen Computer zerstört hatten?

Er schob sie weiter die Straße entlang und sah sich immer wieder nervös um. »Das musstest du auch gar nicht«, sagte er beiläufig. »Dein kleiner Wutausbruch hat offensichtlich schon gereicht. Wahrscheinlich hat jedes technische Gerät in deiner näheren Umgebung den Geist aufgegeben.«

Sofort kramte Lucy ihr Handy aus der Hosentasche. Als sie es aufklappte entfloh ihr ein kurzes, erschrockenes

»Oh!« Das Display war schwarz. Sie versuchte es anzuschalten, aber es reagierte nicht.

»Verdammt!«, rief sie. »Was mache ich denn jetzt? Ich kann mir kein neues leisten.«

»Ich glaube, du hast jetzt andere Sorgen«, höhnte er.

Sie sah ihn kurz an und steckte es dann kopfschüttelnd wieder weg. *Vermutlich Zufall*, dachte sie. Außerdem war es sowieso nicht mehr ganz in Ordnung gewesen. Der Akku hatte schon vor Jahren, als Miriam es Lucy aus ihren alten, ausrangierten Sachen geschenkt hatte, geschwächelt.

»Wo ist dieser Splitter eigentlich hergekommen?«, fragte sie nun und hob dabei die Hand mit dem Mal. »Und warum erhöht er das Energiefeld? Was bedeutet das überhaupt? Bin ich jetzt etwa radioaktiv verstrahlt?«

Er seufzte missmutig und fuhr sich mit einer Hand durch das schokoladenbraune, lockige Haar. »Du hörst wohl nie mit der Fragerei auf, was?«

»Nein.«

Er holte tief Luft. »Ich kann es dir nicht sagen«, seufzte er.

»Wieso nicht?«

»Weil es ein Geheimnis ist, okay?«

Lucy brummte verärgert. Warum ging sie eigentlich mit diesem Typen mit? Er war ganz offensichtlich nicht ganz dicht. Vielleicht war er ein entflohener Irrer – zugegeben, ein gutaussehender entflohener Irrer – der ihr Märchen erzählte, um sie vermutlich in irgendeinen Hinterhalt zu locken. In eine gemeine Falle, aus der sie, schwach wie sie war, nie entkommen würde. Vielleicht hatten die Männer – mit den unheimlichen, finsteren Blicken – sie nur vor ihm beschützen wollen. Vielleicht waren sie gar nicht hinter ihr her, sondern hinter ihm. Und dafür musste es doch irgendeinen Grund geben. Wahrscheinlich war er gefährlich und würde sie, wenn sie nicht floh… womöglich…

»Hörst du wohl auf damit?«, rief er plötzlich empört. Dabei sah er sie so entsetzt und verärgert an, dass sie bei seinem Anblick zusammenzuckte. »Ich fasse es nicht, dass du so etwas denkst. Ich bin doch kein...« Er sprach das Wort nicht aus, aber in ihrem Kopf erklang es klar und deutlich. Sie sah ihn irritiert an.

»Und woher soll ich das wissen?«, rief sie wütend zurück. »Schließlich kenne ich dich nicht. Du hast mich einfach entführt und erzählst mir...« Plötzlich hielt sie inne und blieb stehen. »Moment.«

Er sah sie zerknirscht an, während sie versuchte ihre Gedanken zu ordnen.

»Ich habe nichts gesagt«, stellte sie fest.

»Nein«, brummte er und wich schließlich genervt ihrem entsetzten Blick aus.

»Das ist nicht möglich. Sag mir nicht, dass du gerade meine Gedanken gelesen hast.«

»Ja, meine Güte, ich kann Gedanken lesen. Na und? Das kannst du auch. Du hast es nur vergessen.«

Lucy runzelte die Stirn. »Bitte was?«

Er stöhnte und sah sich erneut um. Es war so ungewohnt für ihn, nicht über Gedanken mit jemandem kommunizieren zu können. Es wäre so viel einfacher, wenn sie spüren könnte, was in ihm vorging. Dann würde sie aufhören dauernd Fragen zu stellen und ihm einfach vertrauen können. Ohne Angst zu haben, dass er … Er schüttelte den Kopf und verjagte den Gedanken. Dann sah er sie an.

»Das ist eine ganz normale Fähigkeit. Jeder Mensch hat sie«, erklärte er geduldig. Ihr Gesichtsausdruck wirkte auf einmal kindlich. Sie sah ihn an, wie ein kleines Mädchen, dem man gerade ein fantastisches Märchen erzählt hatte und das sich nun fragte, ob es tatsächlich wahr sein könnte. Ihre großen, karamellbraunen Augen funkelten ihn neugierig an.

Wie heißt du?, fragte sie ihn in Gedanken. Damit wollte sie ihn testen. Dann hielt er ihr die Hand hin und verzog seinen Mund zu einem zögerlichen, halbseitigen Lächeln.

»Nikolas«, sagte er. »Und du?«

»Ich fass es nicht!« Ihr blieb der Mund offen stehen, während er ihre Hand schüttelte.

»Netter Name!«, lachte er.

»N … nein, ich heiße Lucy. Lucy Meier.«

Ihr Verstand wehrte sich mit aller Macht gegen diese Vorstellung, aber offensichtlich las er tatsächlich ihre Gedanken. Wer zur Hölle war dieser Kerl?

Sie gingen eine Weile stumm weiter, wobei sich Lucy bemühte nichts Peinliches zu denken. Und sie hatte eine Menge peinliche Gedanken in ihrem Kopf, die sie nicht denken wollte. Sie wollte zum Beispiel nicht daran denken, dass er hübsch war. Verrückt und vermutlich besessen von Science-Fiction Romanen, aber leider sehr hübsch. Und sie wollte auch nicht seine Augen und das Lächeln mögen, das sich manchmal zwischen Nervosität und Schrecken in seinem Gesicht zeigte. Krampfhaft versuchte sie all diese Gedanken und Gefühle zu verdrängen und konzentrierte sich auf das Wetter. Auf die Sonne, die auf ihrer Haut brannte, die dicke, schwüle Luft, die man fast schneiden konnte und den tiefblauen Himmel. Nikolas konzentrierte sich derweil auf eventuelle Gefahren oder Hindernisse. Am Ende der Straße führten ein paar schmale Wege durch eine idyllische Parkanlage mit saftig grünen Wiesen und sehr hohen Bäumen. Zielstrebig gingen sie darauf zu, während Lucy ihn abermals mit Fragen löcherte, um sich weiterhin von ihren Gedanken abzulenken.

»Und warum soll ich positiv denken?«

»Weil deine Gedanken die Wirklichkeit beeinflussen«, erklärte er unvermittelt, während er irritiert einer Gruppe Jugendlicher nachblickte, die sich lauthals über seine Uniform lustig machte. Er schüttelte den Kopf und wandte sich wieder Lucy zu. »Das ist ebenfalls eine natürliche Fähigkeit. Sie hat sich durch den Kristall allerdings sehr verstärkt, weshalb es für dich besonders wichtig ist, deine Gedanken unter Kontrolle zu halten. Du könntest sonst etwas erschaffen, das du nicht willst.«

Lucy machte ein überraschtes Gesicht. Jetzt redete er genauso wie Miriam. Sie erzählte Lucy auch dauernd, dass sie positiv denken sollte, weil ihre Gedanken die Macht hatten, sich zu verwirklichen. So lautete das Gesetz der Anziehung. Wenn man denn daran glaubte! Sie las diese Esoterik-Bücher, die neuerdings den Markt überfluteten wie nichts Anderes. Bücher über die Macht der Gedanken, universelle Gesetze usw. Sie hatte es nie ernst genommen, wenn Miriam wieder davon angefangen hatte. Für sie war das nur eine Flucht aus der Realität. Nichts, das auch nur im Entferntesten etwas mit der Wirklichkeit zu tun hatte. Aber offensichtlich gab es viele Anhänger dieser neuen Glaubensrichtung.

»Ich habe so etwas noch nie erlebt«, sagte sie kritisch und

bemühte sich dabei, nicht abfällig zu klingen. Sie wollte ihn nicht gleich als Idioten abstempeln, nur weil er denselben Quatsch glaubte, wie Miriam. »Dass sich meine Gedanken verwirklicht haben.«

»Es ist dir nur nicht aufgefallen.« Das sagte er zwar nur beiläufig, aber in vollem Ernst. »Dein Energieniveau war niedriger. Deshalb hat sich die Manifestation verzögert. Je höher das Energieniveau, um so schneller zeigt sich die Manifestation. In deinem Fall«, er deutete auf ihre Hand mit dem Mal, »sofort.«

Jetzt sah sie ihn belustigt an. »Du meinst, meine Gedanken können sofort Wirklichkeit werden?«, fragte sie und konnte sich ein amüsiertes Grinsen nicht verkneifen. »Auf der Stelle?«

Er nickte, als wäre das was sie sagte, das Normalste von der Welt.

»Dann könnte ich es ja jetzt einfach ausprobieren, oder? Einfach an etwas Verrücktes denken.«

Er warf ihr einen skeptischen Blick zu. »Aber übertreib es nicht!«

Lucy beäugte ihn noch einmal argwöhnisch. Offenbar glaubte er wirklich daran. Sie lachte innerlich und überlegte dann einen Moment lang, womit sie ihm beweisen konnte, dass diese ganze Gedanken-haben-Macht Sache völliger Unsinn war. Wenn also das, was er sagte stimmte, dann würde sich ihr Gedanke sofort verwirklichen. Egal wie verrückt er war. Sie sah ihn wieder an und betrachtete seine seltsame Uniform. Sie hatte einen ungewöhnlichen Schnitt. Die Knopfleiste ging von seiner linken Schulter quer über seinen Oberkörper, bis hinunter zu seiner rechten Hüfte. Die kitschigen Abzeichen auf seiner Brust waren silberfarben und ungewöhnlich geformt. Seine Hose war unerhört eng und die Stiefel viel zu weit. Ganz abgesehen von den Schulterpolstern und dem hohen Kragen. Sie überlegte, ob sie mit ihren Gedanken vielleicht etwas daran ändern könnte und stellte sich vor, wie sich die Abzeichen auflösten, die Ärmel samt Polster abrissen, die Knopfleiste plus Kragen verschwanden und die Stiefel sich in Turnschuhe verwandelten. Dann schloss sie die Augen und malte sich dieses Outfit an ihm aus. Gleichzeitig spürte sie ein dumpfes Brummen in ihrem Bauch, das ihr langsam und warm die Wirbelsäule hinauf kroch und bald durch ihren ganzen Körper kribbelte. Sie runzelte irritiert die Stirn, ließ sich von diesem Gefühl aber nicht ablenken und konzentrierte sich weiter auf das innere Bild. Als sie gerade Gefallen an dem neuen Outfit fand und sich ein zufriedenes Lächeln in ihrem Gesicht abzeichnete, riss etwas an ihrem Arm. Sie öffnete die Augen wieder, sah ihn an und wurde augenblicklich kreidebleich.

»Nicht witzig!«, schimpfte er mit ernstem Gesicht.
Sie sah an ihm hinunter und hielt sich vor Schreck die Hand vor den Mund.

»Das ist nicht wahr! Das kann nicht… «
Plötzlich sah er genauso aus, wie in ihrer Vorstellung! Nur, dass die Ärmel noch an seinen Handgelenken hingen und nicht über seine geballten Fäuste rutschen wollten.

»Ist dir vielleicht mal in den Sinn gekommen, dass mir diese Uniform etwas bedeutet?«

Lucy biss sich auf die Lippe. »A … aber so sieht es viel besser aus. Moderner!« Sie warf einen Blick auf seine Schuhe und stellte entzückt fest, dass er wirklich Turnschuhe trug. »Außerdem kannst du so nicht mehr ausgelacht werden«, sagte sie aufheiternd und betrachtete begeistert sein neues Outfit. Aber sein Blick blieb ernst.

»Tut mir leid?!«, log sie und machte ein entschuldigendes Gesicht. Sie konnte es kaum fassen. Hatte sie wirklich gerade seine Uniform zerstört? *Sie*? Mit ihren *Gedanken*? Wenn sie in diesem Moment nicht das exakte Abbild ihrer inneren Vorstellung vor Augen gehabt hätte, hätte sie es nicht geglaubt. Aber ihr inneres Bild stand wie eine Kopie vor ihr. Fassungslos starrte sie auf die abgerissenen Ärmel und berührte zaghaft die Naht über seiner Schulter, um sich zu vergewissern, dass sie nicht träumte. Als sie merkte, dass sich alles ganz echt anfühlte, atmete sie seufzend aus und ließ den Arm sinken.

»Ich glaub das alles nicht«, flüsterte sie.

Jetzt hoben sich Nikolas' Mundwinkel zu einem Schmunzeln. »Du solltest dich daran gewöhnen.«

Dann schob er sie sanft weiter, während sie immer noch seine Uniform anstarrte und versuchte sich zu erklären, wie sich die Abzeichen einfach so in Luft auflösen konnten.

»Hast du beobachtet, wie die verschwunden sind?«, fragte sie und deutete mit dem Zeigefinger auf die kahle Stelle über seiner rechten Brust.

»Nein. So etwas passiert normalerweise nicht so schnell. Wie gesagt«, er sah ihre Hand an und nickte dabei, »diese Fähigkeit hat sich bei dir wahrscheinlich um das Hundertfache verstärkt. Ich bin mir aber nicht über die tatsächlichen Ausmaße im Klaren, also pass bitte auf, ja?«

Um das Hundertfache, wiederholte sie seine Worte in ihrem Kopf und versuchte sich klarzumachen, was das bedeutete. Aber sie konnte sich beim besten Willen nichts darunter vorstellen. Sie hatte noch nie in ihrem Leben darüber nachgedacht, dass ihre Gedanken auch nur den Hauch eines Einflusses auf ihr Leben hatten. Sie waren einfach nur ein nie enden wollender, zufälliger Strom von Bildern, Ideen, Worten und Vorstellungen gewesen. Ein reißendes Gewässer, das leider meistens eher lästig war, als hilfreich. Etwas, das sie einfach hinnahm, weil sie sowieso keine Kontrolle darüber hatte. So dachte sie zumindest immer. Wenn Miriam ihr dann von Gedankenkontrolle erzählte, musste sie oft innerlich lachen. Wer auf dieser Welt konnte schon all seine Gedanken kontrollieren? Das war einfach unmöglich. Und wie in drei Teufels Namen sollte sie diese utopische Aufgabe jetzt bewältigen? Bei dem Gedanken daran, bekam sie fast Angst. Was, wenn sie an etwas Schlimmes dachte und es gar nicht merkte? Weil ihre Gedanken einfach machten, was sie wollten. Würde sich das ebenfalls in der Wirklichkeit zeigen? So, wie seine Uniform? Wieder warf sie einen Blick auf sein Oberteil, das jetzt fast aussah wie ein dickes Muskelshirt, und atmete tief ein. Wie es schien, musste sie sich jetzt irgendwie zusammenreißen und versuchen nichts Dummes zu denken, so verrückt sich das für sie auch anhörte.

Sie gingen einen der schmalen Wege entlang und steuerten dann direkt auf einen großen Brunnen zu, der sich auf der linken Seite mitten auf der Wiese befand.

Dann fiel ihr etwas ein. »Wie war das denn mit meinem Bein?«, fragte sie neugierig. »Das ist einfach so geheilt. Ohne, dass ich an eine Heilung oder so etwas gedacht habe.«

»Das wird an der Schwingung gelegen haben«, erklärte er. »Dein Körper ist von Geburt an auf Selbstheilung programmiert. Aber wenn die Schwingung zu niedrig ist, hat er für diese Aufgabe nicht genug Kraft. Der Kristall hat dein Schwingungsniveau erhöht, so dass dein Körper die entsprechende Energie erhalten hat, um diese Aufgabe zu bewältigen.«

Sie senkte den Kopf und stöhnte leise. »Das ist unglaublich«, flüsterte sie fasziniert und betrachtete ihre Hand. Vielleicht waren diese Typen weder hinter ihr noch hinter Nikolas her gewesen. Sondern hinter diesem Splitter in ihrer Hand. Sie konnte sich gut vorstellen, dass ein solcher Gegenstand ein Vermögen Wert war. Ein Kristall, der Krankheiten heilen konnte und einem Menschen die Fähigkeit verlieh mit seinen Gedanken unmittelbar auf Materie einzuwirken. Eigentlich war es ein Wunder, dass nicht die ganze Welt Jagd auf sie machte. Aber wahrscheinlich wussten nur einige wenige von diesem Splitter – und dass er sich gerade in *ihrem* Körper befand.

»Wollen die den Kristall deshalb?«, fragte sie nun.

»Gut möglich«, antwortete Nikolas ernst. Er wusste es nicht. Er wusste nicht einmal, wie sie von dem Unfall hatten erfahren können. Wie sie in den Besitz eines der Splitter hatten kommen können und woher sie wussten, dass Lucy einen weiteren davon in ihrem Körper trug. Die Situation spitzte sich zu einer ausgewachsenen Krise zu. Wenn sie zu viel über Lumenia wussten, war die Sicherheit des Landes gefährdet. Und wenn einer von ihnen auf die Idee kam, sich den Splitter einzuverleiben, dann konnten sie sogar ein Portal öffnen. Wenn sie das nicht schon längst getan hatten.

»Und warum willst du ihn?«

Jetzt drehte er sich zu ihr um und sah ihr eine unendliche Weile lang in die Augen. Es sah fast so aus, als würde er in ihrem Kopf nach etwas suchen. War ihre Frage so abwegig? Oder hatte er sie schon wieder nicht verstanden?

»Er gehört meinem Land«, sagte er schließlich. Seine Stimme war so fest und überzeugt, dass sie nicht eine Sekunde an der Wahrheit seiner Worte zweifelte. »Und es ist meine Schuld, dass er nicht mehr dort ist, also habe ich die Aufgabe, ihn zurückzubringen.«

Was für ein Land mochte das wohl sein, dachte sie und betrachtete ihn nachdenklich. Er sprach perfektes Deutsch. Aber das hatte wohl nichts zu sagen. Vermutlich lernten sie dort, wo er herkam, alle Deutsch. Oder er hatte Familie in Deutschland oder war hier aufgewachsen. Vielleicht kam er auch von gar nicht so weit her. Österreich? Oder aus der Schweiz? Trugen die dort solche Uniformen? Sie gingen noch ein Stück weiter, bis sie direkt vor dem Brunnen standen. Dann sah sich Nikolas um und zog noch einmal seinen Computer heraus. Aber der Monitor war immer noch schwarz.

»Was passiert, wenn ihr mir den Kristall wieder herausholt? Wird dann alles wieder wie vorher?« Lucy bekam eine Gänsehaut bei diesem Gedanken und spürte, wie Angst in ihr aufstieg. Sie wollte nicht mehr krank sein. Nie wieder. Langsam wurde ihr klar, dass dieser Kristall das Beste war, was ihr passieren konnte. Auch wenn damit eine Entführung und eine Verfolgungsjagd verbunden war und sie das Risiko einging, dass sie womöglich für den Rest ihres Lebens gejagt werden würde. Irgendwie ... wollte sie ihn gar nicht mehr hergeben. Er hatte ihr dieses neue Leben geschenkt. Ein Leben ohne Leid. Ohne Krankheiten. Und er hatte ihr diese unglaubliche Fähigkeit verliehen. Sie konnte sich kaum vorstellen, dass sie dazu auch ohne diesen

Kristall in der Lage sein sollte. Die Wirklichkeit nach ihren Wünschen zu beeinflussen. Das war einfach utopisch. Und viel zu schön, um wahr zu sein.

Nikolas antwortete nicht auf ihre Frage. Er drehte sich nur immer wieder im Kreis und wurde zunehmend nervöser.

»Lucy?« Auf einmal war seine Stimme nur noch ein Flüstern. Verwundert sah sie zu ihm auf und erschrak, als sie sein versteinertes Gesicht sah. Sein Unterkiefer war krampfhaft nach vorn geschoben und seine Augen waren zu schmalen Schlitzen zusammengekniffen.

»Wenn ich *jetzt* sage, dann läufst du los«, hauchte er. »So schnell wie du kannst. Und mach nicht halt, bevor du zu Hause bist.«

Sie folgte seinem starren Blick und sah, wie aus mehreren Richtungen Männer auf sie zukamen. Sie trugen schwarze Anzüge und machten so finstere Gesichter, dass Lucy bei ihrem Anblick ein kalter Schauer über den Rücken lief. Einer von ihnen grinste bösartig.

»Oh nein«, flüsterte sie ängstlich. Die Blicke der Männer waren ausnahmslos auf sie gerichtet.

»Denk daran, was ich dir gesagt habe«, flüsterte er weiter. »Pass auf deine Gedanken auf. Du darfst jetzt keine Angst haben. Du wirst entkommen und sie weit hinter dir lassen, hörst du? Wenn du zu Hause bist, schließt du die Tür ab und denkst ausschließlich daran, wie ich dich finde. Du musst daran denken, wie ich zu dir nach Hause komme, verstanden? Du musst mir mit deinen Gedanken den Weg zeigen.«

Lucy nickte ohne Widerworte. Dann ging er mehrere Schritte auf die Männer zu – es mussten jetzt ungefähr zehn sein – und wartete, bis sie vor ihm stehenblieben. Dann hob er seinen linken Arm, ballte seine Hand zu einer Faust und deutete damit direkt auf den Mann, der Lucy am nächsten stand. Einen Moment lang passierte gar nichts. Aber dann spürte Lucy plötzlich wieder diese Wärme von ihm ausgehen. Es war wie ein warmes Vibrieren auf ihrer Haut und in ihrem Gesicht. Als würde ihr etwas Kribbelndes auf die Vorderseite ihres Körpers strahlen und ihre Körperzellen zum Schwingen bringen. Es fühlte sich an wie Strom. Wie warmer, surrender Strom. Es summte geradezu in ihrem Körper und drang immer weiter nach hinten in ihre Organe und Knochen vor. Dann spürte sie ein warmes, bebendes Gefühl von ihrem Bauch in ihre Brust aufsteigen und ihre Wirbelsäule hinaufkriechen. So ähnlich hatte es sich angefühlt, als sie Nikolas' Uniform zerfetzt hatte. Als dann ihr ganzer Körper zu vibrieren schien, öffnete Nikolas die Hand und schrie so laut »Jetzt!«, dass sie durch den Schall seiner Stimme zuerst einmal erschrocken zusammenzuckte. Erst dann drehte sie sich um, sah aus dem Augenwinkel noch, wie etwas aus seiner Hand geschossen kam und lief dann wie vom Teufel gejagt los. Hinter sich hörte sie Rufe und Schreie, ersticktes Würgen und seltsame, dröhnende Geräusche. Ihre Füße flogen so schnell über die Wiese, dass sie glaubte, gar keinen Boden mehr unter sich zu spüren und bald schon waren die Geräusche ganz weit weg. Aber sie lief weiter. Sie lief so schnell, wie sie noch nie in ihrem Leben gelaufen war und dachte die ganze Zeit nur daran, was Nikolas zu ihr gesagt hatte. Dass sie entkommen würde. Dass sie diese Männer weit hinter sich lassen und sicher zu Hause ankommen würde. Sie dachte nicht mehr darüber nach, ob sie die

Geschichte mit der Macht der Gedanken glauben sollte oder nicht. Sie tat es einfach. Und je intensiver sie an seine Worte dachte, um so schneller wurde sie. Sie wagte es nicht, auch nur einmal zurückzublicken. Sie starrte stur geradeaus und lief die Straßen entlang, als seien sie ihre ganz eigene Laufbahn. Die Menschen, Häuser und Autos rauschten an ihr vorbei, als säße sie in einem ICE. Und sie spürte nicht die geringste Erschöpfung. Sie fühlte sich, als habe sie in ihrem Brustkorb ein Turbogetriebe. Und sie hatte das Gaspedal nicht einmal bis zur Hälfte durchgetreten. Berauscht von dieser Kraft und der unglaublichen Geschwindigkeit, spürte sie eine Selbstsicherheit und ein Glücksgefühl in sich aufsteigen, das sie fast zum Lachen brachte. Es vernebelte ihr geradezu die Sinne. Solche Glücksgefühle hatte sie noch nie in ihrem Leben gespürt.

Als sie an dem grauen Hochhaus ankam, in dem sie wohnte, kramte sie hektisch ihren Schlüssel heraus, stürmte durch die Tür und das Treppenhaus und blieb erst stehen, als sie ihre Haustür öffnete. Sie lauschte einen Moment, ob sich jemand im Treppenhaus befand und sah aus dem Fenster auf die Straße. Aber es war niemand zu sehen. Sie lächelte erleichtert und immer noch berauscht, ließ die Tür schließlich ins Schloss fallen und schloss mehrmals ab.

6

Das Gesetz der Anziehung

Noch einmal versuchte er sich auf Lucy zu konzentrieren. Er hoffte, dass sie ihm mit ihren Gedanken den Weg wies. Aber er spürte immer noch nichts. Vielleicht lag es an ihm. Er fühlte, wie bereits seine Kräfte schwanden und sein Energieniveau immer weiter absank, je mehr Zeit er in dieser Welt verbrachte. Womöglich hatte das Vergessen schon Besitz von ihm ergriffen und das Leid sich in seinem Bewusstsein festgesetzt. Er hoffte nur, dass er zurückfand bevor es zu spät war. Aber es sah schlecht aus. Der Kontakt zu Alea war vollständig unterbrochen und das Portal an dem verabredeten Ort war geschlossen gewesen. Er hatte keine Ahnung wie er einen Weg zurückfinden sollte. Ohne Computer, der ihm die Portale anzeigte. Und mit schwindenden Kräften. Offenbar hatte sich sein Gefühl bewahrheitet. Seine Rückkehr würde sich schwieriger gestalten, als er gehofft hatte.

Er irrte verloren durch die Straßen und presste seine Hand auf die pochende Wunde an seiner Schulter. Sein linkes Bein war verletzt, so dass er mehr humpelte, als zu gehen und seine linke Gesichtshälfte brannte, als habe ihm einer der Kerle eins mit einem heißen Bügeleisen übergezogen, anstatt mit einem Schlagring. Aber die Wunden würden trotz seiner absinkenden Energie schnell verheilen. So hoffte er zumindest.

Als er an einem Buchgeschäft vorbeiging, blieb er abrupt stehen. Die Aufschrift eines kleinen Pappaufstellers – der fast in den Bücherstapeln versank, die ihn umgaben – sprang ihn geradezu an. *Das Gesetz der Anziehung*. Er las sie laut vor und schüttelte dann verwirrt mit dem Kopf.

»Das soll noch einer verstehen«, murmelte er, während er in den Laden ging und sich eines der Bücher vom Stapel schnappte. Er drehte es um und las die Beschreibung. Dann schüttelte er wieder verständnislos mit dem Kopf und sah sich um. Ein paar Meter von ihm entfernt ging eine alte Frau an ihm vorbei. Ihr Gesicht war schmerzverzerrt. Sie ging langsam und gebückt und stieß nach jedem zweiten Schritt ein leises, gequältes Seufzen aus. Er sah sie erschrocken an und ließ dann den Blick weiter durch den Laden schweifen. Auf einer Bank saß ein alter Mann mit einem Buckel und las ein Buch über Rückenprobleme, mehrere Frauen standen an dem Regal für Kindererziehung und blätterten in Büchern über Problemkinder und an der Kasse stand eine Schlange von Menschen, die unglückliche, frustrierte Gesichter machten. Dann senkte er den Kopf und sah wieder das Buch an.

»Das ist doch verrückt«, flüsterte er. All diese Menschen hatten die Lösung ihrer Probleme direkt vor ihrer Nase liegen. Und sie gingen einfach daran vorbei. Sie gingen daran vorbei und konzentrierten sich auf ihr Leid und ihre Probleme. Er sah jeden Einzelnen von ihnen noch einmal fassungslos an und hätte sie am liebsten laut angeschrien und geschüttelt, um sie zur Vernunft zu bringen. Es schien ihm, als lebten die Menschen in dieser Welt in einer Art Schlaf. In einer Lethargie, die ihnen den Blick auf die

Wirklichkeit verschleierte. Sahen sie nicht, dass sie völlig unnötig litten? Konnten sie nicht erkennen, oder zumindest spüren, dass es eine Lösung für ihre Probleme gab? Sie lag hier! Direkt vor ihnen. Er konnte einfach nicht begreifen, dass sie daran vorbeigingen und nach den Problembüchern griffen, anstatt nach den Lösungen. Aber vielleicht – er nahm sich noch einmal eines der Bücher und betrachtete es nachdenklich – stand hier nicht die *ganze* Wahrheit. Vielleicht fehlte ihnen noch ein entscheidender Teil ihres vor langer Zeit verloren gegangenen Wissens. Oder aber sie konnten nicht daran glauben, dass die Lösung so einfach sein sollte. Vielleicht betrachteten sie das Wissen, das offensichtlich in das Bewusstsein einer weniger Menschen zurückgefunden hatte, als Unsinn. So, wie Lucy. Als er ihr überraschtes Gesicht vor sich sah, als sie heraus gefunden hatte, dass er Gedanken lesen konnte, musste er fast lachen. Obwohl ihn ihre Unwissenheit und ihr Glaube, machtlos zu sein, zutiefst erschreckten, empfand er es gleichzeitig als sympathisch und irgendwie … süß. In seinen Augen war sie viel größer, als sie es sich wohl jemals vorstellen konnte. Er erkannte in ihr die Göttin, die sie war. Die Göttlichkeit, die in jedem Menschen steckte und dazu befähigte die Wirklichkeit nach seinen eigenen Wünschen zu gestalten. Ob sie jemals diese Größe begreifen würde? Er hoffte es. Und er spürte das tiefe Bedürfnis, ihr dabei zu helfen.

Plötzlich stockte er. Ein Gedanke schoss ihm wie ein Blitz durch den Kopf. So intensiv, dass er das Buch fallen ließ, sofort aus dem Laden stürmte und sich von dem wissenden Gefühl leiten ließ, das ihn durchzog. Seine Intuition. Sie hatte ihn also noch nicht verlassen. Sie führte ihn nach links die Straße hinunter. Danach würde er an einem großen

Gebäude vorbeikommen. Ein Theater. Dann waren es nur noch zwei Kilometer, bis er ein graues Hochhaus erreichte. Im dritten Stock befand sich Lucy. Er sah alles genau vor sich und formulierte in seinem Kopf ein erleichtertes *Danke*. Dann lief er los. So schnell, wie es seine Verletzungen zuließen.

Lucy stand am Fenster und hielt nach Nikolas Ausschau. Zwischendurch lief sie immer wieder zur anderen Seite ihrer Wohnung und blickte dort aus dem Fenster, um sicherzugehen, dass keiner ihrer Verfolger herausbekommen hatte, wo sie wohnte. Noch einmal versuchte sie Nikolas in Gedanken den Weg zu ihrer Wohnung zu zeigen. Sie dachte an die Gebäude, die sich in der näheren Umgebung befanden, die Straßennamen, die ungefähren Entfernungen. Dann versuchte sie immer wieder das hässliche, graue Hochhaus vor ihrem inneren Auge zu sehen und schickte all diese Bilder zu Nikolas. Sie wusste nicht, ob es funktionierte. Aber sie musste es versuchen.

Sie konnte immer noch nicht fassen, was gerade passiert war. Dass die Sache mit ihren Gedanken wirklich funktioniert hatte. Dass all das, was Miriam ihr immer gepredigt hatte, wirklich wahr sein sollte und sie mit ihren Gedanken tatsächlich die Wirklichkeit beeinflussen konnte. Sie *erschaffen* konnte. Sie hatte ihren Körper in eine Hochleistungsmaschine verwandelt. Noch nie in ihrem Leben war sie so mühelos so schnell gerannt, wie noch vor wenigen Momenten. Sie war in den letzten Jahren *überhaupt* nicht gerannt. Dazu war sie viel zu krank gewesen. Sie betrachtete ihre Hand und streichelte über das Mal. Dieser

Kristall hatte ihr wirklich ein neues Leben geschenkt.

Hässliches, graues Hochhaus. Theater in der Nähe. Kein einziger Baum, dachte sie erneut, und schickte diese Gedanken zu Nikolas.

Sie konnte wirklich verstehen, warum alle hinter diesem Splitter her waren. Er war ein Allheilmittel und eine Wunderlampe zugleich. Und obwohl sie immer noch glaubte das alles nur zu träumen, wünschte sie sich von ganzem Herzen, dass ihr die Kraft dieses Splitters für immer erhalten blieb. Was auch immer das für eine Kraft war. Sie wollte sie nicht mehr hergeben. Nie wieder. Es war einfach zu schön keine Schmerzen zu haben und nicht mehr leiden zu müssen.

Plötzlich blitzten vor ihrem inneren Auge Bilder auf. Bilder, die sie nicht selbst erzeugte, um Nikolas den Weg zu ihrer Wohnung zu zeigen. Es waren Bilder, die ganz von selbst kamen. Zuerst war es der Buchladen, an dem sie schon unzählige Male vorbeigegangen war. Dann war es die Straße, die zu dem Theater führte. Und jetzt sah sie das Theater genau vor sich. Als ob sie davor stehen würde. Verwirrt schüttelte sie mit dem Kopf und ging zum Fenster. Er war noch nicht zu sehen.

Ob sie ihn dazu überreden konnte, ihr den Splitter einfach zu überlassen?

»Wahrscheinlich nicht«, gab sie sich selbst zur Antwort und senkte den Kopf. Wenn er ihr den Splitter nicht wegnahm, dann würden es diese anderen Typen tun. Und sie wollte sich gar nicht ausmalen, wie das vonstatten gehen würde. So finster, wie die sie angesehen hatten. Vermutlich würden sie ihn ihr mit Gewalt entreißen.

Während sie das dachte, zeigten sich erneut Bilder in ihren Gedanken. Dieses Mal sah sie das hässliche, graue

Hochhaus, in dem sie lebte. Und es sah so aus, als würde sie aus einiger Entfernung direkt auf ihren Balkon starren. Wieder schüttelte sie verwirrt mit dem Kopf und hielt ihn dann mit den Händen fest.

Seit sich dieser Kristall in ihrem Körper befand, schien sie völlig durchzudrehen. Alles war anders. Sogar ihr Denken. Wo kamen bloß diese Bilder her? Sie fühlte genau, dass es nicht ihre eigenen waren. Außerdem verwirrte sie dieses andauernde Surren in ihrem Bauch. Als würde dort ein Generator versuchen anzuspringen. Und diese seltsamen Ahnungen, die aus heiterem Himmel angeflogen kamen. So wie heute Morgen. Irgendetwas stimmte nicht mit ihr. Vielleicht wurde sie jetzt verrückt. Womöglich hatte sie das alles wirklich nur geträumt und würde im nächsten Moment in ihrem alten Leben aufwachen. Krank, arm und unglücklich. Aber dafür ohne Verfolger, die ihr einen Kristall aus dem Körper reißen wollten. Vielleicht hatte sie ein Schädeltrauma. Von dem Sturz gestern.

Sie ging zu ihrem Schreibtisch und griff nach dem Telefon. Dann blätterte sie in ihrem Adressbuch. Die Telefonnummer ihres Hausarztes stand ganz hinten. Sie hatte sie schon lange nicht mehr gewählt. Meistens war sie bei Fachärzten zu Besuch. Als sie die Nummer in das Telefon tippte, zuckte ein neues Bild durch ihren Kopf. Es war ihre Balkontür. Sie konnte sie von außen sehen und beobachtete jetzt in ihren Gedanken, wie sich der Griff innen wie von selbst bewegte und sich die Tür langsam öffnete. Dann hörte sie das Knarzen von Gummi und ein leises hölzernes Knarren. Ruckartig fuhr sie herum und ließ vor Schreck das Telefon fallen. Wie aus dem Nichts stand plötzlich Nikolas in der Balkontür und hauchte ihr mit schmerzverzerrtem Gesicht ein »Danke« entgegen.

Lucy starrte ihn stumm an und stützte sich mit der Hand auf dem Schreibtisch ab. Sie hatte also nicht geträumt. Es war alles real. Der Splitter in ihrer Hand, die Verfolger, ihre plötzliche Gesundheit und unheimlich schnelle Wundheilung, die Tatsache, dass sie mit ihren Gedanken die Ärmel einer Uniform abreißen, Knopfleisten und Orden verschwinden lassen und Computer und Handys vernichten konnte, und dieser seltsame Typ, der gerade in ihr Wohnzimmer humpelte … und blutete. Sie sog zischend die Luft ein, als sie das Blut von seinem Arm tropfen sah.

»Du bist verletzt!«, rief sie und lief sofort ins Badezimmer. Während sie hektisch die Medikamente aus dem Schrank räumte, um an das Verbandszeug zu kommen, versuchte sie sich immer noch verzweifelt klarzumachen, dass all das wirklich passierte. Dass diese Medikamente das erste Mal seit 15 Jahren überflüssig waren, weil sie sich in einen anderen Menschen verwandelt hatte. In eine außergewöhnlich gesunde, toptrainierte Gejagte, die auf ihre Gedanken aufpassen musste, wie auf eine Selbstschussanlage. Und das nur, weil sich ein Schatz in ihrem Körper befand, der offenbar wertvoller war, als alles Gold dieser Welt. Sie fühlte sich, als sei sie gerade in einen Actionfilm geplatzt, der schon seit einer Stunde lief. Sie sah zwar was passierte, aber die Handlung war ihr vollkommen schleierhaft.

Als sie völlig wirr ins Wohnzimmer zurückkehrte, stand Nikolas immer noch mitten im Raum.

»Setz dich doch«, bat sie.

Er schüttelte kaum merklich den Kopf und sah sie an. In

seinem Gesicht spiegelte sich nicht nur körperlicher Schmerz wider, sondern ein Leid, dass sie bis ins Mark spüren konnte. Es machte sie zutiefst traurig. *Er* machte sie traurig.

»Wir haben keine Zeit. Sie werden herausfinden wo du wohnst und dann sollten wir nicht mehr hier sein.«

Lucy ließ das Verbandszeug sinken und sah ihn mitfühlend an. Aus irgendeinem Grund spürte sie genau, dass es nicht nur ihre Verfolger waren, die ihn beunruhigten.

»Fünf Minuten werden wir wohl haben, oder? Ich mach auch schnell.« Sie traute sich nicht, ihn auf das traurige Gefühl anzusprechen. Vielleicht war es ja ihr eigenes und sie wusste es nur nicht. Sie konnte ja im Moment nicht einmal genau sagen, wer sie überhaupt war. Ob sie verrückt war oder nicht. Vielleicht war sie gar nicht mehr in der Lage klar zu denken, weil der Sturz ihr gestern das Gehirn verschoben hatte.

Er ging humpelnd zur Couch und seufzte leise, als er sich hinsetzte. Lucy kniete sich neben ihn und fing an, die Wunde zu desinfizieren.

»Kann ich dich was fragen?«, murmelte sie unsicher und ließ dabei den Blick gesenkt.

Er sah sie an und nickte.

»Was ist da passiert, als du … du hast mit irgendetwas auf sie ge … schossen, oder?«

Sie hob den Kopf und sah ihm jetzt in die Augen. Ihr Herz fing sofort an zu rasen, als sich ihre Blicke trafen und ihre Wangen färbten sich rot. Schnell senkte sie wieder den Blick und griff nach dem Verband.

»Sag mir bitte, dass du mit irgendeiner Waffe geschossen

hast und nicht mit deiner Hand. Ich glaube nämlich, dass ich langsam verrückt werde und Dinge sehe, die nicht da sind.«

Er sah sie immer noch an. Und aus dem Augenwinkel erkannte sie, dass er jetzt lächelte.

»Du bist nicht verrückt«, sagte er sanft. »Dein Verstand wehrt sich nur gegen die Wirklichkeit. Gegen das, was du als die Wirklichkeit bezeichnest«, verbesserte er sich.

Nachdem Lucy den Verband um seinen Arm gewickelt hatte, sah sie ihm fragend ins Gesicht.

»Ich verstehe das alles nicht«, sagte sie und befestigte die Binde mit einem Pflaster. Ihre Stimme klang verzweifelter, als sie es wollte. »Gestern war noch alles normal. Und heute werde ich verfolgt, weil ich irgendeinen ominösen Kristall in meinem Körper trage. Ich habe unerklärliche Bilder in meinem Kopf, die nicht von mir stammen, habe Gefühle, die nicht mir gehören und kann die Wirklichkeit mit meinen Gedanken nach Lust und Laune verdrehen und verbiegen. Das kann doch alles nicht wahr sein?! Ich träume doch nur, oder? Das alles ist ein Traum oder ein Gehirntumor oder so etwas.«

Jetzt drehte sich Nikolas rasch zu ihr um und packte sie bei den Schultern. »Hör jetzt auf!«, sagte er mit einem seltsamen Schrecken in der Stimme. »Ich sagte, du sollst auf deine Gedanken aufpassen. Ist dir nicht klar, was du damit anrichten kannst?«

Nein, das war ihr nicht klar. Ihr war im Moment absolut gar nichts klar.

»Es ist alles in Ordnung mit dir«, versuchte er sie zu beruhigen. »Du bist nur verwirrt, weil du das alles nicht kennst. Aber das ist die Wirklichkeit, Lucy.«

Sie spürte wie ihr Tränen über die Wangen liefen. Sie wusste einfach nicht, wie sie mit dieser *Wirklichkeit* und dieser Situation umgehen sollte. Sie war überfordert. Maßlos überfordert.

»Hör mir zu. Es ist normal, dass man auch mal die Gedanken und Gefühle anderer Menschen spürt. Das ist nichts Ungewöhnliches. Dort wo ich herkomme, ist das gang und gäbe. Du bist es nur nicht gewöhnt. Das sind normale Fähigkeiten. Du musst nur lernen, damit umzugehen.«

»Das soll normal sein?«, schluchzte sie. Sie versuchte gar nicht erst die Tränen zurückzuhalten, die ihr jetzt unaufhörlich über die Wangen flossen. War es ihre Verzweiflung, die ihr so zu schaffen machte, oder dieses schmerzhafte Gefühl, das von ihm ausging? »Wieso fühle ich deine tiefe Traurigkeit? Und wieso macht sie mich auch traurig? Es fühlt sich an, als wäre sie *meine*.«

Er stutzte und ließ sie nun erschrocken los.

»Tut mir leid«, flüsterte er. »Ich hätte wissen müssen, dass...« Er hielt einen Moment inne und streichelte ihr eine Träne von der Wange. »Ich bringe dir bei, damit umzugehen, in Ordnung? Das ist nichts, wovor du Angst haben musst.«

Es war zu spät. Der Plan, sie so lange im Ungewissen zu lassen, bis sie ihr den Splitter entfernen konnten und dann ihre Erinnerungen zu löschen, war nicht länger umsetzbar. Er befand sich schon zu lange in ihrem Körper. Ihre Fähigkeiten begannen bereits aus ihr herauszubrechen. Wenn er ihr nicht beibrachte, damit umzugehen, würde sie sich in eine unkontrollierte Naturgewalt verwandeln. Sie musste lernen, ihre Kräfte in Schach zu halten und ihre

Gedanken und Gefühle zu kontrollieren, sonst war es nicht nur für ihn gefährlich in ihrer Nähe zu sein, sondern auch für sie selbst.

Sie nickte jetzt und wischte sich das Gesicht trocken.

»Ich möchte nur gern verstehen, was mit mir passiert. Ich fühle mich, als würde sich mein Kopf ausdehnen und mit allem möglichen Zeug füllen.«

Jetzt stand Nikolas auf. Seinem Bein ging es offenbar schon wieder gut. Er hielt ihr die Hand hin und lächelte ermutigend.

»Komm. Ich erkläre dir alles unterwegs.«

Der Feierabendverkehr schlängelte sich bereits durch die Straßen, während sie auf dem Weg zum Bahnhof waren. Nikolas wusste nicht genau, wo sie hinfahren sollten. Weit weg, hatte er nur gesagt. Wohin genau, würde er intuitiv entscheiden, wenn sie im Zug saßen. Dass Lucy kein Geld für Fahrkarten hatte, schien ihn nicht zu interessieren. Sie vermutete, dass er selbst genug Geld dabei hatte. Trotzdem bestand er darauf, dass sie ihre *Geldkarten* mitnahm, wie er sie nannte.

»Ich habe nur eine«, hatte sie entgegnet, hatte ihm aber den Grund verschwiegen. Sie war nicht eine von den Leuten, die mit hundert Kreditkarten in der Geldbörse herumliefen. Vermutlich verkehrte er hauptsächlich mit solchen Menschen. Das hätte sie nicht weiter überrascht. Er sah aus wie einer dieser reichen Jungs, die in einem wohlhabenden Elternhaus groß geworden waren, eine anständige Erziehung und eine überdurchschnittlich gute Bildung genossen hatten. Und das las sie nicht nur von seinen außergewöhnlich weißen, schnurgeraden Zähnen ab, die wahrscheinlich gebleicht waren. Nein, er hatte diese Ausstrahlung, als würde er über allen Dingen stehen und diese majestätische Haltung. Er bewegte sich wie ein Adeliger und wenn sich nicht gerade eine tiefe Traurigkeit in seinem Gesicht zeigte, strahlte er ein Selbstbewusstsein aus, das schon fast niederschmetternd war. Er verstand wahrscheinlich gar nicht, dass es Menschen wie sie gab. Menschen, die ab Mitte des Monats kein Geld mehr hatten, um sich etwas zu essen zu kaufen. Geschweige denn eine Fahrkarte, um *irgendwohin* zu fahren.

Als sie am Geldautomaten standen, bat er sie Geld abzuheben. Lucy schluckte.

»Wieso denn ich?«, fragte sie empört.

»Weil ich keins habe.«

»Bitte?«

»Na los, mach schon. Du hast genug auf dem Konto.«

Lucy blickte ihn verständnislos an. Als sie dann die Karte einführte, wurde ihr vor Scham ganz heiß. Gleich würde er ihren Kontostand mit dem dicken Minuszeichen sehen. Wie peinlich! Sie übersprang die Anzeige des Kontostandes und drückte gleich auf Auszahlung. Wenn dann das Schild kam, dass es nicht möglich war, Geld abzuheben, könnte sie es ihm vielleicht damit erklären, dass die Karte kaputt war.

»Wie viel?«, fragte sie.

»Ich weiß nicht, was kosten denn Fahrkarten?«

Sie sah ihn erstaunt an. *Na wahrscheinlich fährt er hauptsächlich mit dem Auto*, dachte sie. *Oder er lässt sich fahren. Wie auch immer.* Sie drückte spaßeshalber auf die 500-Euro-Anzeige und erwartete schon das böse Auszahlung-nicht-möglich-Schild, als sie plötzlich hörte, wie der Automat Geldscheine zählte. Dann spuckte er ihre

Karte wieder aus und reichte ihr kurz darauf einen Batzen Geld. Fassungslos griff sie nach den Scheinen und sah sie an.

»W... wo, was...«

»Wollen wir?«

Er zog sie durch den Bahnhof, kaufte mit ihr zwei Fahrkarten nach München und schob sie dann weiter auf den Bahnsteig.

»Wie … wie …«

»Ich habe dein Konto ein wenig aufgestockt. Du hast doch nichts dagegen?«

Lucy klappte der Unterkiefer runter.

»D... du hast was? Wie hast du das gemacht? Kann ich das auch?«

Dass ihm spätestens jetzt klar sein musste, dass sich vorher weniger als nichts auf ihrem Konto befunden hatte, war ihr plötzlich ganz egal. Er lachte und senkte den Kopf.

»Das würde ich dir nicht raten. Es ist illegal. Und wenn so etwas öfter passiert, fällt es auf«, wisperte er.

»Oh!«, machte sie und starrte die Fahrkarten an. »Schade.«

Die angenehme Stimme einer Frau schallte nun aus den Lautsprechern über den Bahnsteig und kündigte ein Fahrtziel an. Kurz darauf fuhr auf dem gegenüberliegenden Gleis ein Zug ein. Als die Leute eingestiegen waren und der Zug wieder abfuhr, ergriff Nikolas erneut das Wort.

»Ich würde es eher auf die konventionelle Weise versuchen«, sagte er und ließ den Blick über den Bahnsteig schweifen. Lucy rollte heimlich mit den Augen. Jetzt kam wahrscheinlich ein Vortrag über ehrliche und harte Arbeit. Als ob sie das nicht schon versucht hätte. Nikolas lachte.

»Ich dachte eher an das Gesetz der Anziehung.«

Sie sah zu ihm auf und wurde rot. Er hatte schon wieder ihre Gedanken gelesen. Machte er das die ganze Zeit?

»Das Gesetz der Anziehung ist eine konventionelle Art Geld zu verdienen?«

»Nein. Es ist die konventionelle Art zu leben. Und Geld gehört zum Leben dazu, nicht wahr?«

Lucy nickte kaum merklich. »Und wie funktioniert das?« Sie dachte an Miriams Worte: *Denke positiv, dann kommt auch Positives zu dir zurück.* Meinte er *das* mit dem Gesetz der Anziehung?

Er nickte und sie wurde wieder rot.

»Das ist gemein. Ich kann *deine* Gedanken nicht lesen.«

»Das kommt noch. Meine Gefühle nimmst du ja schon deutlich wahr«, sagte er flirtend.

Sie senkte verlegen den Kopf und versuchte ihre heißen Ohren unter ihrem dunklen Haar zu verbergen.

»Das ist eigentlich alles, was du wissen musst. Gleiches zieht Gleiches an«, erklärte er mit einem amüsierten Schmunzeln. »Denkst du positiv, ziehst du positive Dinge in dein Leben. Und genauso funktioniert es mit den negativen Dingen. Es ist ganz einfach.«

»Ich muss also einfach an positive Dinge denken?«

»Ja, aber du musst *ehrlich* an sie denken.«

»Was meinst du mit ehrlich?«

In diesem Moment fuhr ihr Zug auf dem Gleis ein und hielt mit einem lauten Zischen. Nikolas nahm ihre Hand und stieg mit ihr ein. Dann suchten sie sich ein leeres Abteil und schlossen die Tür. Als sich Lucy hingesetzt hatte, erwartete sie schon voller Neugier seine Antwort. Aber er blieb noch einen Moment stehen und starrte geistesabwesend auf die Abteiltür. Lucy folgte seinem Blick, konnte aber weder im Gang, noch an der Tür etwas Interessantes entdecken.

»Was ist denn?«

Er reagierte nicht. Erst nach einem weiteren ewigen Moment, schien er aus seiner Trance zu erwachen und setzte sich schließlich hin. »Wollte nur sehen, ob alles in Ordnung ist.«

Lucy sah erneut die Tür an. »Das kannst du an der Tür erkennen?«

Er lachte. »Nein. Ich habe nachgefühlt.«

»So etwas kann man fühlen?«

Er nickte glücklich, als würde er sich darüber freuen, es ihr erklären zu können. »Ja, es ist deine Intuition. Du kannst auf sie zugreifen und nachfühlen. Und dann schickt sie dir ein Gefühl. Eine Ahnung oder ein klares Bild.«

»So etwas habe ich heute morgen erlebt!«, erinnerte sich Lucy. »Ich habe genau gespürt, dass etwas nicht stimmt. Und dann sind diese fiesen Typen aufgetaucht.«

Er lächelte wissend. »Auf deine Intuition kannst du dich immer verlassen. Sie lügt dich nie an. Anders ist es mit deinen Gedanken. Damit kannst du dich leicht belügen.«

Der Zug setzte sich jetzt langsam in Bewegung und fuhr aus dem Bahnhof. Lucy sah eine Weile aus dem Fenster. Sie war lange nicht mehr Zug gefahren. Das letzte Mal war sie verreist, als sie noch die Grundschule besucht hatte. Seit dem hatten ihre Eltern nie mehr das Geld gehabt mit ihr irgendwohin zu fahren. Oder sie mit der Schulklasse irgendwohin fahren zu lassen. Und seit sie eigenständig lebte, führte sie diese Armutstradition zuverlässig weiter. Nicht mit Absicht natürlich. Sie war die Armut einfach gewöhnt. Sie war es gewöhnt nur von Reisen zu träumen, anstatt sie zu machen. Sich die Reiseverbindungen im Internet anzusehen und die Seite, nachdem sie die Preise der Fahrkarten anzeigte, wütend wegzuklicken, weil sie sie nicht bezahlen konnte. Als sie Nikolas wieder ansah, fühlte sie sich schon wieder ertappt.

»Genau das meine ich«, sagte er und sah sie lange an. »Deine Gedanken an Armut rühren aus deiner Kindheit. Sie sind echt. Ehrlich. Und sie erschaffen immer wieder aufs Neue eine Armutsrealität für dich.«

Sie senkte den Blick und seufzte leise. Gegen ihre Kindheit konnte sie nichts machen. Sie war nun einmal arm und traurig gewesen. Und sie konnte niemandem die Schuld dafür geben. Schon ihre Eltern hatten eine arme Kindheit gehabt und ihre Großeltern und … Die Armut wurde einfach seit Generationen in ihrer Familie weitergegeben und bisher hatte es niemand geschafft diesen Teufelskreis zu durchbrechen.

»Aber ich könnte doch von jetzt an positiv denken«, sagte sie entschlossen. »Dann würde ich Positives anziehen, oder nicht?«

»Nein«, sagte er und lehnte sich vor, wobei ihm ein paar dunkle Locken in die Stirn fielen. »Diese ehrlichen, negativen Gefühle mit oberflächlichen positiven Gedanken zu überspielen, würde nur Frustration in dir hervorrufen. Weil du weiterhin Armut anziehen würdest.«

Lucy ließ enttäuscht die Schultern sinken. »Das verstehe ich nicht. Ich dachte meine Gedanken erschaffen die Wirklichkeit?!«

»Nur, wenn sie mit deinen Gefühlen übereinstimmen. Wenn ein gegenteiliges Gefühl in dir existiert, hebt es den

Gedanken wieder auf«, entgegnete er.

»Also erschaffen eigentlich meine Gefühle die Wirklichkeit?«

Er nickte. »Deine Gefühle sind sozusagen der Motor. Stell dir einfach vor, das Gesetz der Anziehung wäre ein Projektor.« Er hob die Hände und formte damit einen Kasten in der Luft, den er in den Händen hielt. »Der Projektor hat einen Motor für das Licht und eine Halterung für die Bilder, die er projizieren soll. Wenn du einen Gedanken hast, den du verwirklichen willst, steckst du dieses innere Bild in die Halterung. Wenn du aber den Motor nicht anmachst, kann der Projektor das Bild nicht in die Wirklichkeit projizieren.«

»Also muss ich das Gefühl anschalten«, schloss Lucy.

»Genau. Wenn du aber ein Reichtumsbild einsteckst und Armutsgefühle hindurch schickst, wird sich das Bild nicht verwirklichen, weil es nicht mit dem Gefühl übereinstimmt.«

»Dann muss ich mich reich fühlen?«

»Ja, anders geht es nicht. Ein Reichtumsgedanke ohne das passende Gefühl oder zumindest eine gesunde Neutralität, hat keinerlei Wirkung auf die Realität.«

Lucy dachte einen Moment lang nach und fühlte, wie sich die Hoffnungslosigkeit in ihr ausbreitete wie eine dunkle Wolke. Sie hatte gehofft, jetzt wo sie schon einmal das Glück – in Form eines Wunscherfüllungskristalls – getroffen hatte, würde sie ihr Leben endlich ändern können. Aber anscheinend hatte sie sich zu früh gefreut. Die ganze Sache mit dem Gesetz der Anziehung war wohl doch komplizierter, als sie dachte. Und komplizierter als Miriam es ihr immer gepredigt hatte. Sie hatte immer nur von positivem *Denken* gesprochen. Nicht von Gefühlen.

»Wie soll ich mich denn reich fühlen, wenn ich es nicht bin? Ich kann mich doch nicht belügen«, sagte sie resignierend.

»Nein, das sollst du auch nicht. Dir einzureden reich zu sein, obwohl du weißt, dass du es nicht bist, hat keinen Sinn. Deine Gedanken und Gefühle aus der Kindheit sind aus gutem Grund entstanden. Sie sind zu einer Überzeugung geworden und lassen sich nicht einfach verdrängen. Akzeptiere sie. Sie haben schließlich ihre Berechtigung. Alles was du tun musst, ist es, dir ganz unabhängig von deinen Überzeugungen vorzustellen, wie sich Reichtum *anfühlt*.«

Sie sah verwirrt auf und kratzte sich das Mal an ihrer Hand. Es fing plötzlich an zu jucken.

»Unabhängig von meiner Überzeugung?«, hakte sie nach.

»Ja. Lass deine Überzeugung einfach da, wo sie ist. Kehre ihr den Rücken zu und konzentriere dich unabhängig davon auf das Reichtumsgefühl.«

Sie seufzte erneut.

»Ich weiß nicht, wie sich Reichtum anfühlt. Ich war noch nie reich«, sagte sie etwas peinlich berührt.

Nikolas sah sie mitfühlend an. Es war so neu für ihn, jemandem etwas zu erklären, das für ihn ganz selbstverständlich war und er hoffte, dass er die richtigen Worte fand.

»Du erinnerst dich doch an deine Kindheit, oder?«, fragte er vorsichtig.

Sie nickte zwar, aber ihr Gesicht sah so traurig aus, dass es ihm fast das Herz zerriss.

»Damals war es ganz normal für dich, dir Dinge einfach vorzustellen während du gespielt hast, oder?«

Sie nickte wieder.

»Gut. Dann tue jetzt dasselbe. Du hast diese Gabe aus gutem Grund erhalten, Lucy. Jeder Mensch hat sie. Von Geburt an. Die Gabe der Fantasie ist kein Zufall. Du kannst sie nutzen, um dir Dinge vorzustellen, die noch nicht da sind. Um sie schließlich zu erschaffen. Stell dir vor, wie es sich anfühlen würde, wenn du reich wärst. Was wäre das für ein Gefühl? Lass deine Fantasie spielen. Wie ein Kind. Dazu ist sie da.«

Sie sah ihn einen langen Moment an und ließ dann ihren Blick über die Landschaft schweifen, an der sie vorbeirauschten. Dann versuchte sie zaghaft Bilder in ihrem Kopf entstehen zu lassen. Bilder, die sie sich noch nie vorgestellt hatte, die aber so leicht in ihr entstanden, als habe sie das schon immer getan. Zuerst stellte sie sich vor, wie sie ihr Portemonnaie öffnete und so viele Hunderter vorfand, dass es sich kaum noch schließen ließ. Ihr huschte sofort ein Lächeln über die Lippen. Dann klappte sie es weiter auf und entdeckte in ihrer Fantasie mindestens 10 Kreditkarten in den Seitentaschen, die es ihr erlaubten sich alles zu kaufen, was sie sich wünschte. Sie ging mit diesem Portemonnaie in ein Reisebüro und buchte eine unverschämt teure Reise nach Paris, wo sie in einem überaus teuren und luxuriösen Hotel residieren würde. In einem Zimmer, das dreimal so groß war wie ihre Wohnung.

Plötzlich fing es in ihrem Bauch an wild zu kribbeln. Ihr Lächeln wurde breiter und ihr ganzer Körper fühlte sich auf einmal ganz leicht an. Als würde sie abheben. Sie hatte sich immer diese Leichtigkeit in ihrem Leben gewünscht. Diese Sorglosigkeit und unbeschwerte Art zu leben. Sie sah ihn an und strahlte.

»Gut«, sagte er lächelnd. »Jetzt hast du das ganze Geheimnis gelüftet.«

»Das ist alles?«, fragte sie erstaunt.

»Das ist alles.«

Sie hätte nie gedacht, dass es so einfach war, ein positives Gefühl in sich entstehen zu lassen. Dass es so leicht war, seine Fantasie zu nutzen. Plötzlich war sie guter Dinge, dass sie es doch schaffen konnte ein glückliches Leben für sich zu erschaffen. Vielleicht schaffte sie es noch, bevor er ihr den Kristall wieder wegnahm. Zufrieden lehnte sie sich zurück und versuchte das Gefühl in sich aufrecht zu erhalten, um es in die Wirklichkeit zu projizieren. Und während sie sich weiter mit Nikolas unterhielt, dachte sie daran, dass sich vielleicht gerade jetzt in diesem Moment alles änderte. Vielleicht würde ihr – durch ihre Gefühle und die Macht des Kristalls – ja der Lottoschein, den sie letzte Woche mit Miri ausgefüllt hatte, einen Gewinn bescheren. Der Gedanke ließ ihr Glücksgefühl noch weiter ansteigen.

»Und wir fahren jetzt nach München?«, fragte sie beflügelt. Eigentlich war es ihr nur recht, wenn die Fahrt noch mehrere Stunden andauerte. So hatte sie mehr Zeit, sich mit dem Kristall schöne Dinge zu erschaffen. Außerdem, und sie versuchte nicht allzu deutlich daran zu denken, mochte sie Nikolas' Gesellschaft.

»Nein«, sagte er geistesabwesend und bekam wieder diesen leeren Blick. »Ich glaube, … wir fahren weiter nach Friedrichshafen«, murmelte er wie in Trance.

Lucy sah ihn erstaunt an. »Wo ist das denn?«

Er blickte noch einmal nach innen und sah glücklicherweise alles genau vor sich. Seine Kollegen waren noch dort, um den letzten Splitter zu finden. Wenn er sie mit seinen Gedanken erreichte, wussten sie, dass er kommen würde und würden auf ihn warten, ehe sie das Portal öffneten und nach Lumenia zurückkehrten. Vielleicht wussten sie auch, was mit Alea und seinem anderen Kollegen geschehen war. Er hatte sie nicht mehr erreichen können. Außerdem musste er ihnen die Lage schildern. Vielleicht wussten sie noch nicht, dass es in dieser Welt Leute gab, die von dem Kristall wussten. Und vermutlich auch von Lumenia. Er sah zu Lucy auf, die immer noch auf eine Antwort wartete.

»Am Bodensee«, sagte er und gab ihr eine genaue Wegbeschreibung vom Bahnhof bis zum Ufer des Sees, wo sich das Portal öffnen würde. Warum, wusste er selbst nicht. Seine Fähigkeiten waren offenbar schon sehr geschwächt. Er konnte seine Ahnungen nicht mehr ordnen und seine Intuition nicht mehr genau deuten. Er hatte nur das unbestimmte Gefühl, dass es ihr nützen würde, wenn sie den Weg zum Portal kannte. Falls irgendetwas schief ging. Und das würde es. Wahrscheinlich.

7

Der innere Kampf

Nikolas packte ein paar belegte Brötchen in eine Tüte und hielt einen kurzen Moment inne, um nachzufühlen, ob mit Lucy noch alles in Ordnung war. Er spürte es nicht mehr sehr deutlich, aber er vermutete, dass sie immer noch schlief. Nachdem sie sich im Speisewagen die Bäuche vollgeschlagen hatten, war sie einfach eingeschlafen. Ihr beim Essen zuzusehen, war ihm eine helle Freude gewesen. Er hatte noch nie jemanden so viel essen sehen. Und so viel Verschiedenes durcheinander. Sie hatte jeden Bissen so sehr genossen, dass sich ihre Glücksgefühle wie ein helles Leuchten in ihrem Gesicht abgezeichnet hatten. Danach hatte er sie beim Schlafen beobachtet und ihren verwirrten Träumen gelauscht. Den Bildern zugesehen, wie sie versuchten sich für Lucy zu einer verständlichen und logischen Abfolge zusammenzufügen. Er hatte den Widerstand ihres Verstandes spüren können, der sich von all den neuen Ereignissen in ihrem eingefahrenen Leben bedroht fühlte und versuchte eine rationale Erklärung zu finden. Sie wehrte sich immer noch gegen die Wirklichkeit. Und gegen ihre eigene Natur. Gegen die Macht, die sie besaß. Auch ohne diesen Kristall. Er wünschte sich zutiefst, ihr irgendwie begreiflich machen zu können, wer sie war. Dass es *ihre* Kräfte gewesen waren, die sie so erschreckt hatten. Nicht die des Kristalls. Der Splitter in ihrer Hand hatte sie nur geweckt.

Rasch zog er die Tüte zusammen und nahm sich noch zwei Becher Kaffee. In 20 Minuten würden sie in München ankommen und dann mussten sie sich beeilen, um den Zug nach Friedrichshafen noch zu kriegen. Er schickte in Gedanken noch einmal eine Nachricht zu seinen Kollegen, die sich – so hoffte er – noch in der Stadt befanden und machte sich dann wieder auf den Weg zu Lucy. Er wollte ihr noch so viel beibringen, bevor er sie wieder in ihr altes Leben zurückschicken musste. Sie sollte lernen, dass sie auch ohne fremde Hilfe in der Lage war die Wirklichkeit zu beeinflussen. Dass sie sich auch ohne Kristall von allen Krankheiten heilen konnte und alles haben konnte, was sie sich wünschte. Die Tatsache, dass sie daran nicht glauben konnte, tat ihm erschreckend weh.

Als er die Tür zwischen zwei Wagons öffnete und den Gang betrat, gab es plötzlich einen heftigen Ruck und ein ohrenbetäubendes Quietschen hallte schrill durch die Wagons und Abteile. Er verlor das Gleichgewicht, stolperte und fiel direkt in den Kaffee, der sich auf dem Boden ergoss. Die Brötchentüte flog den Gang hinunter. Dann durchzog ihn ein kaltes, unangenehmes Gefühl, das ihm wie ein Seil die Brust zuschnürte. Gefahr! Und Angst. Seine Intuition schlug ihm so heftig um die Ohren, dass er plötzlich wieder ganz klare Bilder sehen konnte. Ein Konvoi von schwarzen Autos. Direkt neben dem Zug, der jetzt mit mehreren Rucks zum Stehen kam. Zu früh. Der nächste Bahnhof war noch weit entfernt.

Nikolas sprang sofort auf und lief durch die Gänge. Er verschwendete keine Zeit damit in Lucys und seinem

Abteil nachzusehen, ob es ihr gut ging. Er wusste, dass sie nicht mehr dort war. Er rauschte so schnell an den Leuten vorbei, die mit erstaunten Gesichtern in den Gängen standen, dass er einige von ihnen ziemlich hart anrempelte. Er hörte ihre empörten und verwirrten Gedanken über ihn und die schwarzen Autos vor dem Zug auf der Landstraße. Und als er sie sich fragen hörte, was die Leute dort mit dem Mädchen anstellten, stieß er einen wütenden Schrei aus. Während er aus dem Zug sprang, sah er sie schon wegfahren. So schnell, dass er sie nie im Leben hätte einholen können. Egal, wie schnell er war. Aber er lief trotzdem. Er spürte, wie das Adrenalin in seinem Körper explodierte und das Blut in seine Arme und Beine gepumpt wurde. Seine Muskeln spannten sich an und ließen ihn über die Straße fliegen. Aber sie waren schneller. Verzweifelt versuchte er mit seinen Gedanken die Motoren der Wagen abzuwürgen, aber seine Angst, seine verfluchte Angst war im Weg. Und die Erinnerung an ein früheres Ereignis jagte ihm einen altbekannten Schmerz durch die Glieder und lähmte seine Fähigkeiten. Er war nicht in der Lage einen Gedanken in seinem Kopf festzuhalten, um ihn zu verwirklichen. Sie jagten sich gegenseitig davon, zerstörten sich, schwächten sich. Und was zurückblieb war nur die Angst. Die Angst sie zu verlieren.

Als sie so weit weg waren, dass er sie kaum noch sehen konnte, fiel er auf die Knie und stützte sich mit den Fäusten auf dem steinigen Boden ab. Er spürte die spitzen Steine nicht, die sich in seine Haut drückten. Er spürte nur die Wut in seinem Bauch. Sie bebte und vibrierte so stark, dass er die Kontrolle über sie verlor. Schon wieder. Aus dem Augenwinkel sah er, wie das Licht in den Zugabteilen anfing zu flackern. Vor ihm zerbröselten die Steine durch die zerstörerische Kraft seiner Gefühle zu Sand und die Ähren am Wegesrand bogen sich von ihm weg, als rolle eine schwere, bleierne Kugel über das Feld. Als er dann die erschreckten Gefühle der Menschen im Zug spürte, weil das Licht ausgefallen war, rief er sich zur Besinnung. Er atmete mehrmals tief ein, richtete sich auf und versuchte sich zu entspannen. Gegen die Realität anzukämpfen war aussichtslos. Das war es immer. Quidea hatte ihm beigebracht die Wirklichkeit so anzunehmen, wie sie war. Egal wie schmerzhaft oder angsteinflößend sie sich zeigte, er hatte gelernt, sie nicht zu bewerten. Sie nicht als etwas Gutes oder Schlechtes zu betrachten, sondern einfach als etwas, das *ist*. Lucy war weg. Das war die Realität. Sich innerlich mit Wut, Angst und Hass dagegen aufzulehnen, um sie zu ändern, würde nur das Gegenteil bewirken. Also schloss er die Augen, akzeptierte die Wirklichkeit genau so, wie sie war und konzentrierte sich auf seine Fähigkeiten. Einen Moment lang, viel zu lang, spürte er gar nichts. Als sich dann aber endlich die Akzeptanz über die Situation und der Frieden, den sie mit sich brachte, in ihm ausbreitete, konnte er endlich wieder etwas wahrnehmen.

Er hob den Kopf und blickte ruhig in ihre Richtung. Sie fuhren nach München. Dort würden sie in einem Hotel übernachten und sie am nächsten Tag zu einem Militärstützpunkt fahren, um … Experimente mit ihr zu machen. Ihm wurde übel, als er die Bilder sah. Sie wollten ihre Fähigkeiten austesten, um herauszufinden, welche Macht der Kristall besaß. Und dann würden sie sich den Splitter, den sie bereits an sich genommen hatten und den, den sie Lucy entreißen würden, selbst einverleiben. Und für ihre Zwecke nutzen. Erneut kochte Wut in ihm hoch. Er versuchte dem Drang zu widerstehen, gegen die Bilder anzukämpfen und fühlte nach, ob Lucy bis dahin in Sicherheit war. Als er ein beruhigendes Gefühl in seinem Brustkorb spürte, ging er gefasst zum Zug zurück und stieg ein. Die Lichter waren wieder an und die Motoren röhrten bereits. Zurück in seinem Abteil versuchte er zu Lucys Gedanken vorzudringen.

Der Mann in der Offiziersuniform, der ihr direkt gegenüber saß, steckte sich grinsend eine Zigarre in den Mund und zündete sie paffend an. Dann schlug er ein langes, dünnes Bein über das andere und lehnte sich seufzend zurück.

»So«, sagte er. Seine Stimme war dünn und kalt. »Lucy Meier.« Dann grinste er wieder. »Es ist mir eine Ehre. Wo hat dich der Splitter noch gleich getroffen?«

Sie erstarrte und versuchte nicht auf ihre Hand zu sehen und sie auch nicht auffällig zu bewegen. Sein Gesicht verfinsterte sich, als sie ihm keine Antwort gab. Der Rauch füllte rasch den winzigen Raum des Wagens aus und kroch ihr beißend in Nase und Augen.

»Wir werden es auch ohne deine Hilfe herausfinden«, sprach er in überheblichem Ton. Der Mann, der neben ihr saß und sie festhielt, drückte ihr die Waffe gegen die Rippen und festigte den Griff um ihr Handgelenk.

»Ganz ruhig, Brauner«, sagte der Lange mit der Zigarre. »Sie wird keine Dummheiten machen, nicht wahr?«

Lucy versuchte ruhig zu atmen, aber ihr Herz hämmerte vor Angst so wild gegen ihre Brust, dass es fast weh tat. Sie befürchtete ohnmächtig zu werden, wenn sie sich nicht beruhigte. Das passierte ihr häufiger, wenn sie aufgeregt war. Zumindest *war* ihr das häufiger passiert. Bevor sich dieser Splitter in ihre Hand gebohrt hatte.

»Schließlich will sie ja nicht, dass sich ihr Gehirn in Suppe verwandelt.«

Sie blickte ihm verständnislos in das hagere Gesicht.

»Das wird nämlich passieren, wenn du den Splitter zu oft nutzt«, tönte er überzeugt.

Lucy schluckte und atmete tief ein. Ein erneuter, vergeblicher Versuch sich zu beruhigen. Außerdem kratzte ihr der Rauch im Hals, so dass sie kurz husten musste.

Der Offizier lachte. »Das hat dir dein kleiner Freund wohl nicht erzählt, was? Nun, ich will dich aufklären, Süße«, sagte er, zog genüsslich mit geschlossenen Augen an seiner Zigarre und blies ihr dann den Rauch schadenfroh ins Gesicht. »Das Ding, das sich in deinem Körper befindet, ist ein winziges Stück eines sehr gefährlichen, energetisch aufgeladenen Steines. Er verändert die Funktionalität deines Körpers für eine Weile.« Er hielt einen Moment inne, als würde er warten wollen, bis die Worte zu ihrem Verstand vordrangen. Dann fuhr er fort. »Aber je länger er sich in deinem Körper befindet, um so mehr nutzen sich diese Körperfunktionen ab und verschleißen. Insbesondere dein Gehirn. Schließlich nutzt du den Kristall ja hauptsächlich mit deinem Kopf, nicht wahr?«

Lucy erschrak innerlich, ließ sich aber nichts anmerken. Zumindest hoffte sie, dass man ihr die Panik, die in ihr aufstieg, nicht ansah.

»Die Sache mit den Gedanken ist dir hoffentlich klar. Dass du damit die Wirklichkeit beeinflusst.« Er sah sie prüfend an und ließ seine Hand mit der Zigarre auf dem

Knie ruhen. »Das Gesetz der Anziehung? Schon mal was davon gehört?«

Lucy nickte bestürzt. War sie die Einzige auf dieser Welt, die den ganzen Gedanken-erschaffen-die-Wirklichkeit Kram bis vor wenigen Stunden noch für Blödsinn gehalten hatte? Sogar das Militär wusste davon. Und glaubte ganz offensichtlich daran. Anscheinend war die Bedeutsamkeit dieser ganzen Sache klanglos an ihr vorbeigegangen. Plötzlich lachte er dünn und nahm noch einen Zug.

»Gut. Dann pass jetzt schön auf, Kleine. Je öfter du den Kristall für irgendwelche realitätsverändernden Spielchen nutzt, um so schneller verwandelt er dein Gehirn zu Brei. Also halte dich zurück.«

Lucy sah unsicher zu dem Mann neben ihr. Als sie merkte, dass er sie nur dumm anglotzte und sie aus seinem Gesicht keine Information darüber ablesen konnte, ob das, was der Offizier sagte der Wahrheit entsprach, drehte sie sich wieder um und nickte.

»Sehr schön. Dann lass mal hören, was du damit schon alles angestellt hast.« Er grinste amüsiert und blickte sie voller freudiger Erwartung an. »Bis auf den kleinen Sprint, den du hingelegt hast, um meinen Männern zu entkommen. Davon hat man mir bereits berichtet.«

Sie schwieg. Wenn sie ihnen erzählte, dass sie Nikolas' Uniform einen neuen Stil verpasst hatte, würden sie sie nur auslachen. Warum hatte sie den Kristall nicht für etwas Nützlicheres verwendet, wenn sie schon ihr Gehirn damit zermatschte? Als sich das Ärgernis darüber gerade in ihr ausbreiten wollte, hörte sie plötzlich eine Stimme in ihrem Kopf.

Nikolas?, dachte sie und starrte dabei auf ihre Beine,

damit niemand etwas merkte. Hörte sie ihn wirklich oder wurde sie jetzt verrückt? War ihr Gehirn vielleicht schon längst Matsch?

Gott, bin ich froh, dass du mich hören kannst.

Lucys Herz frohlockte. Sie ertappte sich dabei, wie sie anfing zu lächeln, zog ihre Mundwinkel aber schnell wieder hinunter und guckte ängstlich. Der Mann neben ihr drückte seine Waffe jetzt fester gegen ihre Rippen.

»Antworte gefälligst!«, schnauzte er.

Lucy sah auf und blickte in das finstere Gesicht des Offiziers. Offenbar machte sie ihn mit ihrem Schweigen wütend, also beschloss sie irgendetwas zu sagen, um ihn zu beruhigen. »Nichts Besonderes. Ich hab ein paar Klamotten zerfetzt«, berichtete sie.

Jetzt lachte er und schmiss den Kopf nach hinten.

Geht es dir gut?, fragte Nikolas sie in Gedanken.

Geht so. Der eine qualmt mich mit seiner Zigarre zu und der andere drückt mir 'ne Pistole zwischen die Rippen. Was soll ich machen?

Tu am besten, was sie sagen. Es wird dir nichts passieren. Sie bringen dich nach München in ein Hotel.

WAS?? Sofort schossen ihr fürchterliche Bilder durch den Kopf, was ihr dort alles passieren könnte. Allein mit wildfremden Männern. In einem *Hotel*!

Wie kannst du mir das so gelassen an den Kopf knallen?, schimpfte sie und rang ängstlich nach Luft.

Beruhige dich. Ich sagte doch, es wird dir nichts passieren.

Als der Offizier damit fertig war sie auszulachen, betrachtete er sie von oben bis unten und grinste schmutzig. Ihr wurde sofort übel.

Wenn du nicht sofort kommst und mich hier 'rausholst, hasse ich dich für den Rest meines Lebens!

Sie hörte ihn lachen und wurde wütend, als ihr Herz erneut frohlockte. Sie befand sich hier in einer höchst bedenklichen Situation und alles, was ihrem Herzen einfiel, war Freude. Freude über sein zuckersüßes Lachen. Verdammt, warum verliebte sie sich gerade *jetzt* in ihn?

Plötzlich wurde sie rot und biss sich auf die Lippe. Eine unangenehme, schwere Stille legte sich für eine kleine Ewigkeit zwischen ihre Köpfe. Nikolas sagte nichts mehr. Er *dachte* nichts mehr. Dann spürte sie ihn aber lächeln.

Ich hole dich. Hab keine Angst.

Sie starrte verkrampft auf ihre Hose und hoffte, dass der bösartige Raucher sie nicht mehr ansah. Und auch nicht ihren hochroten Kopf bemerkte.

Ich habe *aber Angst.*

Versuch dich zu entspannen, sonst erschaffst du dir damit noch die Wirklichkeit.

Lucy schluckte und dachte an ihr Gehirn.

Was soll ich denn jetzt denken? Ich will nicht, dass mein Gehirn zu Matsch wird.

Einen Moment lang war es wieder still.

Was?

Sie schickte ihm die Informationen, die sie von dem – leider immer noch glotzenden – Offizier erhalten hatte und hielt ihm anschließend vor, ihr nichts davon gesagt zu haben.

Dieser Schwätzer!, schimpfte er. *Glaub ihm kein Wort! Er will dir nur Angst machen, damit du ihm nichts tust. Er weiß ganz genau, welche Macht du besitzt.*

Lucy atmete erleichtert auf. *Also stimmt das nicht? Mein Gehirn wird nicht zu Brei, wenn ich den Kristall benutze?*

Nikolas seufzte und ihr Herz machte wieder einen glücklichen Hopser.

Zunächst einmal benutzt *du ihn nicht,* dachte er. *Es ist deine ganz eigene und von Geburt an natürliche Fähigkeit mit deinen Gedanken die Wirklichkeit zu beeinflussen. Der Kristall hat damit nichts zu tun. Er hat diese Fähigkeit nur verstärkt, weil er dein Energieniveau erhöht hat. Das ist alles. Der Kristall hat keine Fähigkeiten oder besonderen Kräfte. Alles, was er hat, ist Energie. Und die hat er auf dich übertragen.*

Lucy entspannte sich und sah zu dem hinterhältigen Offizier auf. Am liebsten hätte sie ihm jetzt die Krätze an den Hals gedacht oder irgendeine andere gemeine Krankheit, die zu seiner fiesen Visage passte.

Jetzt werd bitte nicht bösartig, dachte Nikolas und lachte.

Er hat's nicht anders verdient, entgegnete sie.

Ich weiß. Aber jemandem etwas Schlechtes zu wünschen, fällt nur auf dich selbst zurück.

Lucy stockte der Atem. *Wie das?*

Dein Unterbewusstsein kann nicht zwischen außen und innen unterscheiden. Oder ob du jemand anderem eine Krankheit wünschst oder dir selbst. Es hört nur, dass du sie dir wünschst. Mehr nicht. Damit kannst du dir versehentlich eine ziemlich unangenehme Realität heranziehen.

Lucy schluckte. *Oh,* dachte sie und nahm alles zurück. *Danke für den Hinweis.*

Plötzlich klingelte ein Handy. Der Offizier zog sein Telefon aus der Tasche und ging ran.

»Was ist?«

Stille. Dann brummte er mit der Zigarre zwischen den Zähnen und legte wieder auf.

»Nun, dein Freund wird am Münchner Bahnhof abgefangen und aus dem Verkehr gezogen. Wir können uns also in Ruhe dem Kristall widmen, ohne dass er uns noch in die Quere kommt.«

Er lachte zufrieden und lehnte sich wieder zurück. Lucy schickte die Worte erschrocken weiter.

Hast du das mitgekriegt?

Ja, mach dir keine Sorgen.

Pass bitte auf dich auf.

Mach ich.

Die haben Waffen.

Lucy. Du sollst auf deine Gedanken aufpassen.

Oh, entschuldige.

Lucy versuchte die Angst, die sie um ihn hatte, zu verdrängen und positiv zu denken. Sie redete sich ein, dass alles gut werden und sie heil aus der Sache herauskommen würden. Aber sie glaubte sich kein Wort. Je mehr sie versuchte die angstvollen Gedanken zu verdrängen, um so stärker und bissiger wurden sie. Plötzlich schossen ihr furchterregende Bilder durch den Kopf. Sie sah, wie Nikolas von ihnen angegriffen wurde. Mit den verschiedensten Waffen. Sie sah Gewehre, Elektroschocker, Schlagstöcke …

Lucy!

Sie schob die Bilder panisch beiseite und versuchte sich auszumalen, wie er glücklich und frei durch die Straßen schlenderte, weil niemand hinter ihm her war. Aber dieser zugegeben ziemlich alberne Gedanke wurde von ihrer Angst geradezu zertrümmert. Dann kam ihr ein anderer Gedanke. Wenn sich ihre Fähigkeit die Wirklichkeit zu beeinflussen durch den Kristall wirklich verstärkt hatte, dann hatte sie schon lange vor ihrer Angst um Nikolas etwas Fürchterliches erschaffen. Sie dachte an ihr Gehirn und wie es sich zu Brei verwandelte, weil sie sich diesen dummen Gedanken von dem fiesen Offizier hatte einreden lassen.

Lucy, verdammt! Hör auf!

Wahrscheinlich war das auch seine Absicht gewesen. Er wollte, dass sie sich selbst umbrachte. Dann musste *er* das nicht mehr tun. Wie clever. Panik stieg in ihr auf. Eine Angst, die sie so noch nie gespürt hatte. Todesangst. Plötzlich bekam sie Kopfschmerzen.

LUCY!

Sie stockte und lauschte in ihren Kopf hinein. Ihr Herz hämmerte wie ein Holzhammer gegen ihre Rippen und Schweiß trat ihr auf die Stirn. In ihren Ohren rauschte es.

Jetzt hör mir zu und denke an nichts anderes, als an meine Stimme, verstanden?! Mit deinem Gehirn ist alles in Ordnung, hörst du mich? Dein Gehirn ist vollkommen gesund. Wie dein ganzer Körper. Erinnere dich, der Kristall hat dein Energiefeld erhöht und deinem Körper die notwendige Energie gegeben, um sich selbst zu heilen. Dein Körper heilt sich immer selbst. Er ist darauf programmiert.

Lucy nickte innerlich und stellte sich vor, wie die Energie des Kristalls alles wieder in Ordnung brachte, was sie mit ihren Gedanken eventuell mit ihrem Körper angerichtet hatte. Mit ihrem Gehirn. Sie überließ einfach alles dem Kristall und entspannte sich. Dann verflogen die Kopfschmerzen glücklicherweise und ihr Herz beruhigte sich.

Hör mir einfach nur zu und entspanne dich, ja?

Sie nickte wieder und lauschte erschöpft seiner Stimme.

Gedanken lassen sich nicht verdrängen. Genauso wenig wie die Überzeugungen, die du aus deiner Kindheit hast. Sobald du anfängst einen Gedanken zu verdrängen oder ihn mit positiven Gedanken zu überspielen, wird er stärker. Weil du gegen ihn kämpfst. Das, wogegen du kämpft, wird stärker, Lucy. Das wird immer so sein. Ein Kampf erfordert ein sehr hohes Maß an

Energie. Und diese Energie leitest du direkt an den Gedanken weiter, den du bekämpfen willst. Er bekommt deine gesamte Aufmerksamkeit, ohne, dass du es willst oder merkst. Also hör bitte auf, irgendetwas in dir zu bekämpfen. Das geht immer nach hinten los.

Sie versuchte sich zu entspannen. Die Gedanken, die in ihr aufstiegen, ließ sie einfach kommen. Aber sie versetzten ihr immer noch einen unangenehmen Schrecken.

Gedanken an sich sind zunächst einmal nichts Schlimmes, fuhr er fort. *Ob sie negativ sind oder positiv liegt nur an unserer Bewertung.* Er dachte an seinen eigenen Wutausbruch, als er sie hatte wegfahren sehen und an die Angst, die ihn gepackt und gedroht hatte ihn innerlich zu zerfressen. Die Erinnerung an seine Vergangenheit und der Schmerz, der damit verbunden war. Er wusste, wie schwer es sein konnte, seine Gefühle einfach zu akzeptieren und sie nicht als etwas Negatives zu bewerten. Vor Allem, wenn man es anders gelernt hatte. *Versuche, sie einfach zu akzeptieren und nicht zu bewerten. Sie sind weder böse, noch wollen sie dir etwas tun. Lass sie einfach da sein und nimm sie an, dann verschwinden sie meist von selbst.*

Lucy versuchte die Bilder, die in ihr hochkamen und sie erschreckten, anzunehmen. Sie verstand, was Nikolas ihr sagen wollte. Jeder Gedanke in ihr und jedes Gefühl hatte seinen Grund. Seine Ursache und seine Daseinsberechtigung. Sowie auch jede Überzeugung in ihr. Sie entstanden nicht einfach so aus Spaß oder durch Zufall. Sie waren da, weil Nikolas ihr etwas bedeutete. Weil er ihr wichtig war und sie wollte, dass es ihm gut ging. Und sie wollte natürlich auch, dass es ihr selbst gut ging und dass sie gesund war und es auch blieb. Ihre Gedanken waren also berechtigt. Das waren sie immer. Diese Tatsache verwandelte ihre Ängste plötzlich in etwas Liebenswertes. Sie wollten sie nur beschützen. Sie vor Situationen bewahren, die ihr schadeten oder sie unglücklich machten. Situationen, die sie negativ bewertete.

Ganz richtig, dachte Nikolas. *Situationen sind niemals negativ oder positiv. Sie* sind *einfach. Es liegt an uns, was wir daraus machen. Ob wir sie gut finden, oder nicht. Wenn wir sie einfach gar nicht bewerten und als das ansehen, was sie sind – nämlich vollkommen neutrale Realitätszustände – nehmen wir ihnen die Macht über uns. Und der innere Kampf hört auf.*

Lucy dachte einen Moment darüber nach.

Aber eine Situation lässt sich doch trotzdem ändern, oder? Wenn ich etwas nicht mag, will ich es doch nicht einfach hinnehmen, dachte sie.

Eine Situation lässt sich immer ändern. Aber ein innerer Kampf dagegen blockiert all unsere Kräfte und Fähigkeiten. Ein Kampf macht die Situation nur noch schlimmer, anstatt besser. Wenn du etwas nicht magst, akzeptiere dieses Gefühl und die Situation, die es hervorgerufen hat, höre auf, dagegen zu kämpfen und konzentriere dich auf eine Lösung.

Lucy schickte ihm ein bejahendes Nicken und versuchte die Situation einfach so zu akzeptieren, wie sie war. Sie saß in einem Auto mit zwei bewaffneten Irren, die ihr ihren geliebten Stein entreißen wollten und Nikolas saß im Zug und fuhr wahrscheinlich gerade in den Bahnhof ein, in dem womöglich eine ganze Armee wartete, um ihn abzufangen. Er hatte Recht. Es nützte überhaupt nichts, innerlich gegen diese Situation anzukämpfen, oder sie abzulehnen. Sich darüber aufzuregen oder Angst zu bekommen. Es änderte nichts an der Realität. Das, was wirklich etwas ändern konnte, waren ihre Fähigkeiten. Und die wurden durch ihre inneren Kämpfe nur blockiert. Also tat sie, was er sagte und akzeptierte. Sie akzeptierte einfach alles. Ihre Gefühle mitsamt den schrecklichen Bildern, die ihr im Grunde nur helfen wollten und auch die Wirklichkeit, die plötzlich den lähmenden Schrecken verlor und sich in etwas vollkommen Neutrales verwandelte. In eine Situation. Einen gefühlsneutralen Realitätszustand, der sich jederzeit ändern ließ.

Ich bin stolz auf dich, dachte Nikolas und schickte ihr ein Lächeln.

Sie lächelte zurück und war froh, dass ihre Gefühle sie jetzt nicht mehr kontrollierten.

Lektion gelernt, dachte Lucy und seufzte erleichtert. *Kämpfen ist Mist.*

Sie hielten direkt vor dem Hotel. Der Mann mit der Waffe zerrte Lucy aus dem Auto und zog sie unauffällig durch die Halle. Seine Pistole hatte er im Jackett versteckt. Der rauchende Offizier ging voraus, holte sich mehrere Schlüssel von der Rezeption und stieg mit ihnen in den Fahrstuhl. Als sie nach oben fuhren, hörte Lucy plötzlich Gedankenfetzen.

... machen. Werden 'rausfinden, was sie kann. ... aus ihr herausprügeln ... sehen, was die Experimente ergeben.

Sie riss die Augen entsetzt auf und starrte auf seinen stoppeligen Hinterkopf. Experimente? Was um Himmels Willen hatten sie mit ihr vor?

... der kleine Lumenier nicht mehr in die Quere ... seine Macht brechen.

Lucy stockte der Atem. Sie drückte sich gegen den Spiegel hinter sich und hörte ihn in ihrem Kopf gehässig lachen. Dann ertönte die brummige Stimme des anderen Mannes. Seine Gedanken waren klarer.

Kann es kaum erwarten, Lumenia zu sehen.

Sie spürte eine tiefe Ehrfurcht von ihm ausgehen.

Hoffe, er zeigt uns den Weg, bevor wir ihn mit seinen eigenen Waffen töten.

Angst. Schon wieder. Sie explodierte geradezu in ihrem Brustkorb und kroch zäh wie Kaugummi durch ihre Organe und Glieder. Wie gelähmt stand sie da und presste sich gegen den Spiegel, während sich die Tür öffnete und ein langer Gang zum Vorschein kam. Der Mann mit der brummigen Stimme riss an ihr, so dass sie in den Flur stolperte und fast hinfiel.

»Hat keinen Sinn, sich gegen mich zu wehren, Kleine.«

Nein, dachte sie und ließ sich durch den Flur schubsen. *Es hat keinen Sinn, sich gegen* die Angst *zu wehren*. Sie ließ sie einfach zu, nahm sie an, wie einen Freund, der sie beschützen wollte und spürte, wie sie sich im selben Moment verflüchtigte. Als sie dann die Zimmertür öffneten und sie hinein schubsten, konzentrierte sie sich mit aller Kraft auf etwas vollkommen Anderes. Und dieses Mal störte sie kein negativer Gedanke dabei und kein ängstliches Gefühl. Ihre Gedanken hatten vollkommen freie Bahn. Sie wollte sehen, ob sie einen Blick in die Zukunft werfen konnte. So, wie Nikolas es ihr im Zug erklärt hatte, als er nachgespürt hatte, ob alles in Ordnung war. Sie wollte nachfühlen, wie diese Geschichte zu Ende ging. Ob alles gut ausgehen würde. Also suchte sie nach ihrer Intuition. Nach diesem wissenden Gefühl, das sich irgendwo in ihrem Körper befinden musste. Sie konzentrierte sich auf die Zukunft, ohne einen Gedanken oder ein Bild damit zu verbinden. Sie spulte einfach nur die Zeit in ihrem Kopf vor. Und dann fand sie ein Gefühl. Sie konnte es nicht genau lokalisieren. Es schien sich überall in ihrem Körper zu befinden.

Wieder klingelte ein Handy. Der Offizier nahm ab und schlug währenddessen die Tür zu. Sie hörte, wie er sie einschloss und dabei mit seinem Anrufer redete. Er klang aufgebracht. Seine Stimme wurde mit jedem Wort lauter und wütender. Dann stürzte er den Flur hinunter, zurück zum Fahrstuhl. Sein Kollege folgte ihm. Und Lucy stand nun vollkommen gelassen in dem kleinen, dunklen Zimmer und lächelte zufrieden.

8

Falle

Es war noch kühl. Und die Luft war frisch und unverbraucht. Langsam ging hinter den Häusern der Stadt die Sonne auf und schickte ihre orange-gelben Strahlen direkt in das Fenster, hinter dem sich Lucy befand. Zumindest glaubte er, dass sie sich dort befand. Auch wenn seine Kräfte nur noch auf ein Minimum begrenzt waren und er ihre zarte Stimme, seit er aus dem Zug gestiegen war, nicht mehr durchgehend hatte hören können; er hatte das unbestimmte Gefühl, dass sie dort war. Und dass es ihr gut ging. Diesem Gefühl, selbst wenn es schwach war, hatte er gelernt zu vertrauen. Er zog der Wache, die er gerade überwältigt hatte, das Handy aus der Anzugtasche und schmiss es hinter sich ins Gebüsch. So wie er es bei all den anderen Wachen getan hatte, die rings um das Hotel herum verteilt waren, um nach ihm Ausschau zu halten. Dann sah er sich noch einmal um. Es war keiner mehr übrig.

Ein schwacher Versuch mich aufzuhalten, dachte er und ging mit festen Schritten schnurstracks auf das Hotel zu. Während er sich dem Eingang näherte, sammelte er noch einmal all seine Kräfte und ballte sie in seiner Mitte zu einem gewaltigen Energieball. Er würde alles, was von seiner Kraft noch übrig war, brauchen, um Lucy da herauszuholen. Und mit dem Rest würde er diesem

Scheusal von Offizier eins überbraten. Das versprach er nicht nur Lucy, sondern auch sich selbst. Er hatte all seine Gedanken mit anhören müssen, als er sich von ihm die halbe Nacht durch die Stadt hatte jagen lassen. Aber er hatte das Spiel mitgespielt, weil er wusste, dass er Lucy dann in Ruhe lassen würde. Er hatte ihn buchstäblich aus dem Hotel gelockt. Vermutlich wäre das gar nicht nötig gewesen. Er hätte Lucy nichts getan. Nicht, bevor er in seinem Stützpunkt war, umgeben von Geräten, die ihn – so glaubte er – vor ihren Gedanken schützten. Aber er wollte auf Nummer sicher gehen, falls sie sich mit ihren Ängsten versehentlich doch etwas Dummes erschuf. So hatte er ihr eine einigermaßen ruhige Nacht verschafft, in der sie schlafen und sich ausruhen konnte, bevor sie ihre Reise fortsetzten. Wenn sie überhaupt ein Auge zugetan hatte. Er wusste nicht, ob ihre Intuition mittlerweile so ausgeprägt war, dass sie eine Gefahr spürte, lange bevor sie sich anbahnte. Wenn dem so war, dann hatte sie gewusst, dass es eine ruhige Nacht für sie werden würde. Dass ihr nichts geschehen und er sie am nächsten Morgen holen würde. Er konnte es kaum erwarten ihr Gesicht zu sehen. Ihr erleichtertes Lächeln und ihre funkelnden Augen, wenn sie ihn sah. Dieser Gedanke verstärkte den Energieball in seinem Bauch noch einmal um das Doppelte.

Als er die Halle betrat und hindurch eilte, wollte der Rezeptionist ihn gerade zu sich rufen und nach seinem Namen fragen. Aber dann hielt er inne. Nikolas suggerierte ihm in Gedanken, ein angesehener und bekannter Hotelgast zu sein und freien Zugang zu allen Bereichen zu haben. Er schluckte es glücklicherweise und widmete sich dann wieder beruhigt seinem Computer, während Nikolas in den Fahrstuhl stieg und intuitiv ein Stockwerk wählte. Er hoffte, dass es das richtige war.

Ja, ich habe geschlafen und ja, es geht mir gut. Lucy schickte diese Gedanken immer wieder zu Nikolas. Aber er schien sie nicht zu hören. Sie konnte seine Sorgen spüren. Warum machte er sich Sorgen, wenn er doch genau wusste, dass ihr nichts passieren würde? Das hatte er ihr doch versichert. Oder hatte sie sich dieses Gespräch nur eingebildet? War ihr Gehirn vielleicht doch ... nein. Sie rief sich schnell zur Vernunft und atmete tief ein. Es waren ganz klar *seine* Gedanken gewesen, die sie in ihrem Kopf gehört hatte. Sie selbst hätte sich so etwas nie im Leben ausdenken können. Und es waren auch *seine* Gefühle, die sie jetzt spürte. Sie trugen seine Persönlichkeit in sich. Das konnte sie deutlich fühlen. Es war wie eine persönliche Note. Wie ein ganz persönlicher Duft, den jemand an sich trug und der einem vertraut war. So waren ihr auch seine Gedanken vertraut. Diese persönliche Note schwang mit all seinen Emotionen und Gedanken mit. Sie fühlte, dass er sich Sorgen machte. Sie fühlte es ganz genau. Und da war noch etwas Anderes. Es war die Traurigkeit, die sie zu Anfang bei ihm gespürt hatte. Diese tiefe Traurigkeit, die sie mit hinunter gerissen hatte. Jetzt fühlte sie sich fast noch schlimmer an.

Marius stand vor ihr und grinste bösartig, nachdem er herzhaft über seine eigenen Worte gelacht hatte. Marius. So hatte sich der schlaksige, große Offizier vorgestellt, als er an diesem Morgen ihr Zimmer betreten hatte, um ihr mitzuteilen, dass Nikolas direkt in eine Falle lief. Der Soldat, der hinter ihm an der Tür stand, hatte ebenfalls über seinen Kommentar gelacht und lehnte sich nun amüsiert gegen die Wand. Lucy funkelte die beiden wütend an. Ihre Angst war völlig verflogen. Sie war sich nicht sicher wieso. Vielleicht lag es wirklich daran, dass sie sie annahm und akzeptierte. Sie quälte sie jetzt nicht mehr. Aber vielleicht lag es auch an ihrer unbestimmten Ahnung, die sich seit letzter Nacht in ihr ausbreitete und ihr das Gefühl vermittelte, dass alles gut werden würde. Oder es lag daran, dass sie sich vor nichts fürchten *konnte*, weil sie Marius und diesen Soldaten mit ihren Gedanken einfach aus dem Fenster segeln lassen konnte. *Wenn* sie das konnte. Sie hatte die Macht, die sie seit dem Unfall besaß, noch nicht richtig ausprobiert. Vielleicht war sie begrenzt. So begrenzt wie ihre Gedanken, die sie immer wieder zweifeln ließen. Sie hätte es gern versucht, aber sie war sich nicht sicher, also ging sie lieber kein Risiko ein. Sie schickte Nikolas einen warnenden Gedanken.

Falle! Falle! Falle! Bitte pass auf.

»Dir ist wahrscheinlich gar nicht klar, wer dein kleiner Freund ist, nicht wahr?«

»Mir ist egal, wer er ist«, entgegnete sie mit fester Stimme und einem Selbstbewusstsein, das sie von sich nicht kannte. Ihr war, als veränderte dieser Kristall nicht nur ihren Körper, sondern auch ihre Persönlichkeit. Sie fühlte sich größer als er. Und das, obwohl er mindestens zwei Meter lang war. Wurde sie jetzt größenwahnsinnig?

»Oh, dann interessiert es dich also nicht, dass er aus einer Anstalt geflohen ist und als sehr gefährlich gilt.«

Lucy musste spontan lachen, verkniff es sich aber und biss sich auf die Lippe. Sie spürte diese lächerliche Lüge bis ins Mark. Nicht nur, weil sie jeden seiner Gedanken hören konnte. Auch wenn sie nur in Bruchstücken zu ihr vordrangen.

Nikolas war ein Gardist. Das hatte sie bereits in Erfahrung bringen können. Welcher Garde er angehörte, war ihr nicht klar, aber er war ganz sicher nicht gefährlich. Höchstens für Marius.

Der Offizier spazierte lässig vor ihr auf und ab und zog nun ein pistolenartiges Gerät aus seiner Tasche. Lucy zuckte zusammen und trat ein paar Schritte zurück.

»Keine Angst, Kleine. Ich sehe keine Notwendigkeit darin, dich damit zu betäuben. Du bist auch so sehr gefügig.« Dabei grinste er wieder schmutzig und sah sie von oben bis unten an. »Diese Waffe ist für *ihn* bestimmt«, fuhr er fort. Er wiegte die Pistole bedrohlich hin und her und lachte wieder. »Sie wurde mit einer hochentwickelten Technologie hergestellt und ist absolut energiesicher.«

Sie sah ihn ein weiteres Mal verständnislos an und er verdrehte überheblich die Augen.

»Das bedeutet, dass keine Energie, egal in welcher Form, auf sie einwirken kann«, erklärte er mit so langsamen Worten, als sei sie zurückgeblieben. »Er wird sie mir mit seinen ach so tollen Fähigkeiten also weder aus der Hand reißen, noch zu Staub zerfallen lassen können.«

Lucy betrachtete die Waffe in seiner knochigen Hand. Sie versuchte sich in Gedanken vorzustellen, wie sie einfach in ihre Einzelteile zerfiel, so wie sie es gesehen hatte, als einer von seinen Leuten eine Waffe auf die Frau gerichtet hatte, die wohl zu Nikolas' Gruppe gehörte. Aber es fühlte sich an, als prallten ihre Gedanken an einer Wand ab. Sie erinnerte sich daran, was Nikolas gesagt hatte. Sie musste ein Gefühl dazu haben. Also ließ sie das Gefühl in sich entstehen, das sie hätte, wenn die Waffe wirklich zerfallen würde. Sie würde überrascht sein. Erstaunt. Stolz auf sich.

Erleichtert. Glücklich. All diese Gefühle sammelte sie in ihrem Bauch und ließ sie stärker werden, während sie weiter die Waffe anstarrte und sie in ihren Gedanken zerfallen ließ. Dann entstand erneut das surrende Gefühl in ihrem Unterleib, das sie auch gespürt hatte, als Nikolas auf ihre Verfolger … geschossen hatte. Mit seiner Hand. Es kroch ihr erneut die Wirbelsäule hinauf und kribbelte heiß in ihrem Brustkorb. Aber ihre Gedanken prallten immer noch gegen eine Wand.

Plötzlich fing der Offizier lauthals an zu lachen.

»Versuchst du etwa gerade dein Glück?« Er lachte weiter und schmiss den Kopf nach hinten. »Du willst also wirklich eine Matschbirne haben, ja? Und das für einen entflohenen Irren.«

Sie betrachtete weiter verzweifelt die Waffe und verlor langsam die Hoffnung, dass sie überhaupt irgendwelche Fähigkeiten besaß, die ihr oder Nikolas irgendwie nützlich sein konnten. Dann entdeckte sie, dass der Mann neben der Tür dieselbe Waffe in der Hand hielt.

»Gleich wird er hier auftauchen«, sagte Marius und warf einen Blick auf seine Armbanduhr. »Und dann wartet eine nette Überraschung auf ihn.«

Lucy sah ihn entsetzt an und schickte verzweifelt Gedanken zu Nikolas.

Komm nicht her! Bleib weg! Es ist eine Falle!

»Er kommt nicht her«, sagte sie ängstlich und versuchte nachzuspüren, wo er sich befand.

»Oh doch, er kommt«, erwiderte Marius selbstsicher. »Er ist schon längst hier. Seit fünf Minuten habe ich kein Signal mehr von meinen Wachen erhalten. Wahrscheinlich liegen sie draußen im Gebüsch. Es läuft alles nach Plan.«

Bleib weg! Bleib weg!

Und dann spürte sie ihn. Seine Gegenwart zog ihr so deutlich durch die Sinne, wie die Sonnenstrahlen von draußen in den Raum drangen und ihn mit ihrem goldroten Licht erfüllten. Genauso erfüllte seine Präsenz ihren Geist und ihren ganzen Körper. Er war hier. Jetzt.

In diesem Moment sprang die Tür auf und knallte mit einem lauten Rums gegen die Wand. Das Schloss sprang heraus und flog dem Mann an der Tür gegen das Bein. Er ging in die Knie und humpelte rückwärts in den Raum, wobei er ängstlich Nikolas betrachtete und zitternd die Waffe auf ihn richtete.

Lucys Herz machte einen Satz, als sie ihn sah. Er stand bedrohlich in der Tür. Seine Hände waren zu Fäusten geballt und sein Gesicht spiegelte eine seltsame Mischung aus Zorn und Gelassenheit wider. Marius richtete seine Waffe ebenfalls auf ihn und rief: »Jetzt!« Dann stürmte aus den Nachbarzimmern eine ganze Armee von Soldaten. Sie versammelten sich in dem Zimmer, hielten alle ihre energiesicheren Waffen in den Händen und zeigten damit auf Nikolas' Brust.

Lucy erstarrte und rang panisch nach Luft. Wieder boxte ihr die Angst in den Magen und fraß sich durch ihren Körper. Was sollte sie jetzt tun? Wie konnte sie ihm helfen? Warum war er überhaupt hergekommen?

Nikolas stand unbeeindruckt da und sah Marius beherrscht an. Der schüttelte sich jedoch vor lachen und vergaß dabei fast, die Waffe auf ihn gerichtet zu halten.

»Bist du mir in die Falle getappt, du kleiner Idiot!«, rief er lachend.

Lucy wandte sich zu Nikolas um und stutzte überrascht, als sie ihn selbstsicher grinsen sah. Er sah aus wie ein zu groß geratener, frecher Junge, der jemandem eine Falle gestellt hatte und voller Freude erwartete, wie sie im nächsten Moment zuschnappte. Hatten sie die Rollen getauscht? Lucy blickte verstört von einem zum anderen. Sie grinsten beide. Marius allerdings machte ein eher verwirrtes Gesicht. Seine Gedanken schlugen Purzelbäume.

… denkt der sich? … grinst so blöde? … wohl nicht aufgefallen … Waffen auf seinen lockigen Schädel zeigen. … außerirdischer Bastard … keine Ahnung, wer ich bin.

Lucy sah Marius entgeistert an. Außerirdisch? Hatte sie sich verhört?

»Hast du wirklich geglaubt, mir wäre auch nur ein einziger deiner Gedanken entgangen, Marius?«

Woher kennt dieser verdammte Lumenier meinen Namen?

Lucy spürte Ehrfurcht von Marius ausgehen und staunendes Entsetzen. Er bewunderte ihn! Er bewunderte ihn zutiefst. Das konnte sie deutlich fühlen. Und sie konnte seine Bewunderung mehr als nachvollziehen. Nikolas stand in der Tür wie ein Felsen. Vollkommen furchtlos und selbstbewusst. Von ihm ging eine Kraft und eine Selbstsicherheit aus, die den ganzen Raum ausfüllte und selbst die bewaffneten Soldaten zu verunsichern schien. Sie sahen sich alle verwirrt an, richteten aber weiterhin konfus die Waffen auf ihn.

»Du hältst lieber den Rand, Junge! Hier sind mindestens 20 Waffen auf dich gerichtet!«, prahlte Marius. »Und du wirst gegen keine etwas ausrichten können.«

Nikolas Grinsen wurde breiter. Ihm entfloh ein stummes, kurzes Lachen. Dann sah er Lucy an und zwinkerte ihr zu, wobei sie augenblicklich rot wurde.

Öffne bitte mit deinen Gedanken das Fenster. Ich kümmere mich um den Rest, dachte er ihr entgegen und wandte sich wieder zu Marius um, der plötzlich nervös schien und die beiden betrachtete, als habe er etwas verpasst. Das hatte er auch.

Lucy richtete ihre Aufmerksamkeit auf den Fenstergriff und stellte sich vor, wie er sich lautlos bewegte. Sie sah aus dem Augenwinkel, dass er tatsächlich leise nach oben schwebte und in der richtigen Position stehenblieb. Dann sah sie sich um. Keiner der Soldaten hatte etwas bemerkt. Sie waren viel zu beschäftigt damit, Nikolas im Auge zu behalten. Sie ließ das Fenster in ihren Gedanken ganz langsam aufgehen und jubelte innerlich, als es genau das tat, was sie sich in ihren Gedanken vorstellte.

»Gib es auf, Marius. Du wirst den Weg nach Lumenia niemals finden«, sagte Nikolas in asketischem Tonfall.

»Da wäre ich mir nicht so sicher«, tönte Marius aufgeblasen und festigte den Griff um seine Waffe. »Du wirst uns den Weg schon zeigen, ob du es willst oder nicht.« Und dann schrie er so laut »Feuer!«, dass Lucy vor Schreck zusammenfuhr. Sie duckte sich instinktiv und hielt sich die Arme schützend vor den Kopf. Aber sie hörte nicht einen einzigen Schuss. Nur lautes Poltern und Stöhnen und viele winzige Teile, die zu Boden rieselten. Als sie zwischen ihren Armen hindurch lugte, hatte Nikolas seinen Arm ausgestreckt und deutete mit geballter Faust auf Marius, der entsetzt und unbewaffnet vor ihm stand. Seine Augen waren so weit aufgerissen, dass es aussah, als würden sie vor Staunen hervorquellen. Die Soldaten lagen rings herum auf dem Boden verteilt – die Waffen in winzigen Teilchen neben ihnen – und rührten sich nicht mehr.

»Du kannst mir nichts tun«, sagte Marius selbstsicher. »Du tust *niemals* jemandem etwas, nicht wahr? Keinem von meinen Leuten hast du je wirkliches Leid zugefügt. Es geht ihnen allen gut. Viel zu gut. Was willst du tun?« Er lachte leise, verzog aber sein Gesicht dabei zu einem herablassenden Ausdruck. »Willst du mir auch deine Energie durch den Körper jagen und mein Bewusstsein damit erweitern? Glaubst du, mich damit aufhalten zu können?«

Lucy beobachtete, wie sich Nikolas' Gesichtszüge immer mehr entspannten.

»Bisher hat es gut funktioniert, oder nicht?«, sagte er ruhig. »Aber bei dir lasse ich mir vielleicht etwas Anderes einfallen.«

»Das kannst du nicht«, hauchte Marius. »Du bist Lumenier. Du bluffst.«

»Ich war nicht immer Lumenier«, entgegnete er drohend.

Dann spürte Lucy erneut ein warmes Surren auf der Haut. Es erfüllte blitzschnell den ganzen Raum und wurde immer stärker. Bald brummte es in ihrem ganzen Körper und löste erneut ein warmes Strömen in ihrem Bauch aus, das nach oben stieg und sich dann in ihr ausbreitete wie eine Flutwelle aus Starkstrom. Dieses Mal war das Gefühl viel stärker. Es stieg ihr zu Kopf und schien ihr den Geist zu vernebeln, denn plötzlich wurde sie innerlich so ruhig und entspannt, dass es sich fast anfühlte, als hätte sie versehentlich eine Packung Valium verschluckt. Ihre Gedanken verstummten und machten Platz für eine unendliche Weite und Leere in ihrem Kopf. Wie berauscht stand sie da und beobachtete in vollkommener Gelassenheit und emotionsloser Unberührtheit, wie Nikolas seine Hand öffnete und erneut etwas aus seiner Handfläche schoss, das absolut nichts mit einer Waffe gemein hatte. Es war ein hell gleißender Ball aus regenbogenfarbener, deutlich sichtbar vibrierender Energie. Wie ein Geschoss stieß er aus seiner Hand hervor, traf Marius auf der Brust und schleuderte ihn quer durch den Raum. Dann knallte er stöhnend mit dem Rücken gegen die Wand und sackte in sich zusammen. Das Licht drang derweil in seinen Körper ein und verschwand darin.

Als Nikolas den Arm wieder senkte, hörten sie, wie weitere Soldaten durch den Flur liefen. Nikolas stürzte ohne zu zögern auf Lucy zu, legte seinen Arm um ihre Taille, hob sie hoch und sprang mit ihr aus dem geöffneten Fenster.

9

Nikolas

Sie hätte geschrien, wenn sie bei klarem Verstand gewesen wäre. Laut geschrien. Sie waren aus dem sechsten Stockwerk gefallen und gefährlich schnell auf den Asphalt zugestürzt. Aber Lucy hatte nicht einmal den Ansatz von Angst in sich gespürt. Sie hatte gelassen beobachtet, wie sie ungebremst auf den Boden zugerast waren, während sie sich an Nikolas festgehalten und seine warme, schützende Hand an ihrer Taille gespürt hatte. Doch bevor sie unten aufgeschlagen waren, schien sie plötzlich eine weiche Wolke aus Watte zu umgeben, die sie abrupt abgebremst hatte. Die letzten Zentimeter waren sie langsam auf den Boden hinab geschwebt.

Als sie nun nach einem kurzen Sprint den Bahnhof erreichten, kam Lucy langsam wieder zur Besinnung. Der tranceähnliche Zustand in ihrem Kopf verflüchtigte sich allmählich, während sie die Fahrkarten kauften. Dann betrachteten sie gemeinsam das Abfahrtsschild und hetzten durch den Münchner Bahnhof, um den Zug noch zu kriegen. Die Fahrt würde dieses Mal nicht so lange dauern. Zumindest nicht so lange, wie die Zugfahrt zuvor, was Lucy ein wenig beunruhigte. Sie wusste, dass ihre Reise mit Nikolas in Friedrichshafen endete und sie war sich nicht sicher, ob sie ihn dann jemals wiedersehen würde. Sie wusste nur, dass alles *irgendwie* gutgehen würde. Aber das beruhigte sie nicht wirklich, denn sie konnte mit diesem Gefühl keine Bilder verbinden, die ihr die zukünftigen Ereignisse aufzeigten. Und ob diese Ereignisse mit oder ohne Nikolas stattfanden.

Seit sie aus dem Fenster gesprungen waren, hatten sie kaum miteinander geredet. Sie waren die ganze Zeit gelaufen. Offenbar hörte diese Hetzjagd erst auf, wenn alles vorbei war. Wenn Nikolas ihr den Kristall aus dem Körper holte und alles so war, wie früher. Wenn das überhaupt möglich war.

Am Bahnsteig angekommen verschnauften sie kurz. Der Zug war noch nicht da.

»Also fliegen kannst du auch«, sagte Lucy und lachte. Ob sie mehr über die Absurdität ihrer Worte lachte oder einfach aus Verzweiflung, weil ihr Verstand nicht mehr mitkam, war ihr nicht klar. Sie gab es auf. Wie es aussah, war das, was sie ihr Leben lang als normal und realistisch bezeichnet hatte, nur Einbildung gewesen.

Nikolas grinste nur stumm und hielt nach dem Zug Ausschau.

»Und wie konntest du seine Waffen zerbröseln? Die waren doch energiesicher.« Ihr Kopf protestierte nicht einmal mehr gegen *diese* Worte.

Jetzt lachte er herzhaft und sah sie an.

»Die waren nicht energiesicher. *Nichts* ist energiesicher.«

»Und woher weißt du das?«

»Weil alles aus Energie *besteht*.« Dabei sprach er das *besteht* ganz langsam und deutlich aus, um es zu betonen. »Man kann Energie nicht aussperren, wenn selbst das, was man vor ihr schützen will aus ihr besteht. Sie ist die

Grundsubstanz und verbindet alles miteinander.«

»Aber ich habe auch versucht sie ihm kaputtzumachen. Es hat sich angefühlt, als würde ich mit meinen Gedanken gegen eine Wand rennen.«

»Die Substanz dieser Waffen war energetisch mit einer Information aufgeladen, die sie vor Fremdeinflüssen schützen sollte, ja. Aber Informationen lassen sich umprogrammieren. Genauso wie Überzeugungen.« Dabei tippte er schmunzelnd mit dem Zeigefinger sanft gegen ihre Stirn. »Es ist nichts weiter als ein Programm. Ich musste es nur löschen.«

Lucy machte große Augen.

»Eigentlich hättest du die Waffen auch zerstören können. Aber er hat es mal wieder geschafft, dir etwas einzureden. Und du hast ihm geglaubt«, sagte er grinsend.

Lucy schnaubte empört. »Dieser …«, sie stockte kurz und runzelte die Stirn, »... ich konnte nichts gegen die Waffen ausrichten, nur weil ich ihm *geglaubt* habe?«

Er nickte.

»Dein Glaube, deine Überzeugungen sind das Fundament deiner Gedanken. Wenn du etwas tun willst, aber nicht davon überzeugt bist, dass du es kannst, wirst du es auch nicht schaffen. Deine Überzeugungen sind die Programme. Und sie steuern dein System.«

»Das meintest du damit, als du sagtest, dass ich *ehrlich* an etwas denken soll, oder?«

»Ja«

Jetzt kam leider schon der Zug. Nikolas blickte starr über den Bahnsteig und versuchte nachzuspüren, ob sie in Sicherheit waren, aber dann bekam sein Gesicht einen gequälten Ausdruck. Er sah Lucy an.

»Könntest du … ich weiß nicht, ob …«

Lucy blickte ihn überrascht an und hörte in ihrem Kopf, wie er verzweifelt versuchte Zugang zu seiner Intuition zu finden. Sie schloss sofort die Augen, während der Zug vor ihnen hielt und versuchte für ihn nachzufühlen, ob sich ihre Verfolger irgendwo in der Nähe befanden. Dann sah sie plötzlich ein so klares Bild vor sich, dass sie innerlich erschrak. Sie konnte den Bahnhof von außen betrachten! Aus der Vogelperspektive! Und sie konnte das ganze Gebäude mit ihren Gefühlen scannen. Es war plötzlich so einfach ihre Intuition zu nutzen. Ihr Gefühl zu befragen und die Antwort zu verstehen. Sie kam so klar und deutlich, dass sie nicht den geringsten Zweifel spürte. Es war so kinderleicht.

»Es ist niemand hier«, sagte sie fasziniert. Dann sah sie aus einiger Entfernung Soldaten auf das Gebäude zu laufen. »Aber sie kommen.«

Danke, hörte sie in Gedanken von Nikolas, als er mit ihr in den Zug stieg. Sie suchten sich schnell ein Abteil und noch ehe sie sich gesetzt hatten, fuhren sie schon los. Lucy konnte genau fühlen, dass die Soldaten es nicht mehr in den Zug geschafft hatten.

»Alles gut«, sagte sie begeistert. »Sie haben es nicht geschafft. Wir waren zu schnell.« Sie war völlig berauscht von ihrer Fähigkeit und wollte gerade versuchen nachzufühlen, ob Marius immer noch in dem Hotelzimmer lag, als sie erneut Nikolas' gequältes Gesicht bemerkte. Es tat ihr fast körperlich weh, ihn so zu sehen. Sie konzentrierte sich auf ihn und seine Gedanken und sah sofort Bilder vor sich aufblitzen. Da waren zwei junge Männer, die lachend ihre Arme auf seine Schultern legten.

Sie trugen dieselbe Uniform wie er. Dann flitzten Bilder von einem seltsamen Ort an ihrem inneren Auge vorbei. Ungewöhnliche Gebäude, eine riesige Kristallkugel, ein Zimmer mit Blick auf eine Stadt voller runder Türme und bunter Zwiebeldächer. Dann war da eine Frau. Sie hatte langes, gewelltes, rot-blondes Haar und war bildschön. Es war die Frau, die sie in der Innenstadt gesehen hatte. Die Frau, die von einem ihrer Verfolger mit einer Waffe bedroht worden war. Lucy riss die Verbindung zu seinen Gedanken sofort ab und starrte aus dem Fenster. Die Eifersucht traf sie wie ein Messer. Überall am Körper.

Jetzt blickte Nikolas sie irritiert an. Sie bemerkte, wie er sie anstarrte und als er nichts sagte, erwiderte sie schließlich seinen Blick und versuchte gleichgültig zu wirken. Und an nichts zu denken. Was ihr unsagbar schwer fiel.

»Was ist mit dir?«

»Nichts.« Sie klang albern. Wie ein beleidigter Teenager.

Er sah sie lange an und kniff immer wieder leicht die Augen zusammen, als würde er sich anstrengen müssen, in ihren Kopf zu sehen. Dann hörte sie ihn in Gedanken fluchen und erkannte endlich, was ihn quälte. Er konnte sie nicht mehr hören.

»Wie ist das passiert?«, fragte sie bestürzt.

Er senkte den Kopf und atmete tief ein. »Es ist dieser Ort. Je länger ich hier bin, um so mehr schwinden meine Kräfte.«

Er sah sie prüfend an und seufzte erleichtert, als sie nicht die Stirn kraus zog, so wie sie es immer machte, wenn sie sich veräppelt fühlte.

»Aber du hast doch eben …« Sie dachte an die Männer,

die er überwältigt hatte und den riesigen Ball Energie, den er auf Marius abgefeuert hatte.

»Das war sozusagen der letzte Rest. Im Gegensatz zu dir«, dabei versuchte er zu lächeln, aber es zeigte sich nur ein gequältes Zucken in seinem Mundwinkel, »sinkt mein Energieniveau immer weiter ab.«

»Wieso denn das?«

Du würdest mir nicht glauben, dachte er und sah aus dem Fenster.

Jetzt wurde Lucy wütend. »Würdest du das mir überlassen? Schlimmer als – *Ich bin aus einer Irrenanstalt geflohen und erzähle überall, dass ich ein Außerirdischer bin* – kann's ja wohl nicht sein.«

Er lachte schief. »Was?«

»Das hab ich von dem fiesen Typen aufgeschnappt. Und, nein, ich hab ihm kein Wort geglaubt. Außerdem hat er dauernd irgendwas von Lumenia gesagt. Ist das deine Heimat? Klingt irgendwie italienisch. Kommst du aus Italien? Gehörst du dort zu irgendeiner Garde?«

Er sah sie an und lachte dann. »Außerirdischer«, murmelte er und zog die Augenbrauen hoch. »Ich kann verstehen, warum er so denkt. Ein Ort, den man weder sehen noch erreichen kann, wirkt außerirdisch auf euch, nicht wahr?«

Jetzt runzelte sie doch die Stirn und er lachte wieder.

»Nein, ich komme nicht aus Italien und ja, ich bin ein Gardist. Ich gehöre zur Leibgarde von ...«, er hielt inne und bekam erneut einen gequälten Gesichtsausdruck, »... spielt keine Rolle. Ich werde vermutlich nicht zurückkehren können. Ich bin schon zu lange hier.«

Lucy verstand nicht, was er meinte und seine Gedanken,

die immer und immer wieder darum kreisten, wie seine Kräfte schwanden, gaben ihr auch nicht gerade Aufschluss darüber.

»Und du kannst nicht zurück, weeeil…«, wollte sie es aus ihm herauslocken, aber er ging nicht darauf ein.

Eine Weile lang sagten sie nichts mehr und starrten bedrückt aus dem Fenster. Es hatte angefangen zu regnen und die Landschaft verwandelte sich immer mehr in ein blasses Bildnis, in dem man nur noch schwache Umrisse erkennen konnte. Lucy verzichtete lieber darauf in seinen Kopf zu sehen und dachte an die Sache mit den Programmierungen, um sich abzulenken.

»Was kann man denn eigentlich gegen Programmierungen machen, die man schon seit seiner Kindheit hat?«, fragte sie sachlich.

Er sah sie betrübt an. »Du kannst sie jederzeit umprogrammieren«, antwortete er. Ebenfalls sachlich.

»Und wie geht das?«

Er seufzte leise und lehnte sich vor. »Eine Programmierung ist eine Überzeugung und Überzeugungen entstehen zum Beispiel durch Erlebnisse oder starke Gefühle. Du kannst es dir aussuchen: Entweder, du erlebst in deinem Kopf immer wieder das Gegenteil von dem, was du als Überzeugung loswerden willst, oder du lässt ein starkes Gefühl in dir entstehen, das du dann mit der neuen Überzeugung verbindest, die du gern hättest.«

»So einfach ist das?«

»So einfach ist das.«

Lucy tat so, als würde sie darüber nachdenken. Aber in Wirklichkeit hatte sie ganz andere Dinge im Kopf.

»Ich dachte, der Glaube ist es, der die Wirklichkeit

bestimmt?!«, murmelte sie emotionslos und versuchte immer wieder das Bild von der rothaarigen Schönheit aus ihrem Kopf zu verdrängen. Aber natürlich wurde es dadurch nur noch stärker. Und deutlicher. Und viel farbenprächtiger.

»Eine Überzeugung *ist* Glaube. Du kannst nicht von etwas überzeugt sein, ohne daran zu glauben.«

Stimmt. Das kommt davon, wenn man kopflos redet, dachte sie und hätte sich am liebsten wach geohrfeigt.

»Ich kann nicht zurück, weil ich ein gewisses Energieniveau benötige, um meine Heimat betreten zu können«, sagte er plötzlich.

Lucy stutzte. »Ich dachte, du kannst meine Gedanken nicht mehr lesen?!«

Er lächelte jetzt. »Aber dein Gesicht spricht Bände.«

Lucy senkte beschämt den Kopf und kratzte sich wieder das Mal an ihrer Hand. Das Jucken wurde immer stärker.

»Welcher meiner Gedanken hat dich verärgert?«

Jetzt sah sie erschrocken auf und starrte ihm in die stahlblauen Augen.

»Ich bin nicht verärgert«, log sie. Sie war schockiert darüber, dass er offensichtlich gar keine besondere Fähigkeit brauchte, um sie zu durchschauen.

»Komm schon, Lucy. Diese Stille in meinem Kopf macht mich fertig. Ich bin es nicht gewöhnt, etwas nicht zu wissen. Bitte, sag es mir.«

Sein leidender Gesichtsausdruck ließ ihren Ärger sofort verrauchen.

»Du weißt wirklich immer alles?«, fragte sie erstaunt.

»In letzter Zeit weniger.«

Sie schwieg einen Moment und suchte nach den richtigen

Worten, aber alles, was sie sich zurechtlegte, klang einfach nur peinlich und kindisch.

»Ich habe deine Freunde gesehen. Oder waren es deine Brüder?«, begann sie. Ja, so ging es. So konnte sie leicht zu der Rothaarigen überleiten und herausfinden, wer sie war.

Nikolas Blick verlor sich für einen kurzen Moment im Nichts. »Hilar und Paco«, sagte er dann. »Meine Freunde. Die Frau heißt Alea. Sie ist ...«, er sah sie prüfend an und lächelte dann kaum merklich, »ebenfalls eine Freundin.«

Lucy ließ erleichtert die Schultern sinken und versuchte sich nichts anmerken zu lassen. *Also nur eine Freundin.* Sie hoffte, dass sie nicht mehr war. Obwohl sie dazu eigentlich gar kein Recht hatte. Was wusste sie denn schon über ihn? Er war ein Gardist in einem Land, das sie nicht kannte. In einem Land, das nicht gefunden werden konnte. Was schon seltsam genug war. Was bedeutete das überhaupt? Erneut fragte sie ihn nach seiner Heimat und nach dem Grund warum er nicht zurückkehren konnte. Und währenddessen kratzte sie sich immer wieder die Hand.

»Ich bin nicht von hier, Lucy. Dort wo ich herkomme, leben wir alle in demselben Zustand, in dem du dich zur Zeit befindest. Mit einem erhöhten Energieniveau und einem erweiterten Bewusstsein. Das erlaubt es uns, unsere natürlichen Fähigkeiten, die du gerade erst an dir entdeckst, zu nutzen. Für uns ist es vollkommen normal Gedanken zu lesen, die Zukunft zu erspüren und die Wirklichkeit zu beeinflussen.« Er lehnte sich zurück und sah wieder bedrückt aus dem Fenster. »Als ich hierher geschickt wurde, habe ich gewusst, dass meine Energie absinken würde, je länger ich mich hier aufhalten würde. Und ich wusste auch, dass ich aus diesem Grund wahrscheinlich nicht würde zurückkehren können. Das alles war mir klar, als ich gegangen bin. Aber ich hatte noch Hoffnung, weil ich noch Herr meiner Kräfte war. Ich dachte, ich würde sie nicht *vollständig* verlieren.«

Lucy sah ihn mitfühlend an. Sie verstand zwar nicht, was für ein Land das sein sollte, in dem es nur Menschen mit übersinnlichen Fähigkeiten gab, aber darüber wollte sie auch lieber nicht zu sehr nachdenken. Sie verstand auch nicht, was plötzlich mit ihm geschehen war. Vor einer Weile hatte er noch wie Supermann in der Hotelzimmertür gestanden und die Bösewichte niedergemacht, als gäbe es nichts, das ihn aufhalten könnte. Und jetzt saß er da, als hätte ihm jemand diese Fähigkeiten gestohlen.

»Ich verstehe dich nicht«, sagte sie jetzt enttäuscht. »Du hast mir doch beigebracht, dass man über seine Wirklichkeit selbst bestimmt. Dass man sie mit seinen Gedanken steuert. Du hast gesagt, dass der Glaube die Wirklichkeit erschafft. Der Glaube steuert das System. Das waren deine Worte!«

Jetzt sah er sie an und zog nachdenklich die Augenbrauen zusammen.

»Wer sagt denn, dass das, was du glaubst, richtig ist? Wer sagt, dass deine Energie absinken muss, wenn du hier bist? Vielleicht stimmt das gar nicht und du hast es dir nur eingeredet. Und jetzt glaubst du daran und machst es zu deiner Wirklichkeit. Du hast mir beigebracht, dass wir die Wirklichkeit mit unserem Glauben erschaffen. Hast du das schon alles vergessen?«

Plötzlich zuckte er zusammen. *Vergessen*, hörte sie ihn denken. *Vergessen.*

Und dann spürte sie ihn in ein tiefes emotionales Loch

stürzen, während immer wieder Bilder aus der Vergangenheit in seinem Kopf auftauchten. Bilder aus seiner Kindheit. Lucy sah ihn als Junge am Rande einer Klippe knien und die Hand nach seinem besten Freund ausstrecken, der sich an dem steilen Felsen festhielt und immer wieder abrutschte. Nikolas beugte sich gefährlich weit über den Abgrund und griff mit wütenden Schreien nach seiner Hand. Lucy konnte den betäubenden Schmerz seiner Gefühle spüren, die ihn in diesem Moment peinigten. Er war allein. Ganz allein. Seine Eltern hatten ihn schon lange verlassen. Er hatte ihnen nicht helfen können, als sie ihren Unfallverletzungen erlagen und ihn verließen, während er nicht einen Kratzer davongetragen hatte. Er hatte zusehen müssen, wie der Tod nach ihnen griff und sie ihm machtlos ausgeliefert waren. Machtlos. So machtlos, wie er der Situation ausgeliefert war. Das Gefühl der Machtlosigkeit fraß sich so tief in seine Seele, dass er es nicht einmal durch die zerstörerische Kraft seiner Wut, die er seit dem in sich aufgebaut hatte, ausmerzen konnte. Er hatte dieses Gefühl so sehr verabscheut, dass er beschloss, es mit dem Gegenteil zu zerstören. Er wollte mächtig sein. So mächtig, dass er alle Menschen, die ihm etwas bedeuteten, beschützen konnte. Und er wollte es so sehr, dass er bereit war, alles dafür auf's Spiel zu setzen. Sogar sein Leben.

Jetzt drohte sein bester Freund ihn ebenfalls zu verlassen. Und erneut spürte er die Machtlosigkeit, wie sie ihn von innen zerfraß. Wut explodierte in ihm. In dem Kind, das vor Angst und Schmerz schrie. Dann beugte er sich so weit vor, dass er endlich seine Hand erreichen konnte. Er zog ihn mit einer solchen Gewalt nach oben, dass der Junge im hohen Bogen über die Kante flog und auf sicherem Boden landete. Nikolas jedoch stürzte in den Abgrund.

Lucy hielt die Luft an, als sie die Bilder sah.

Er fiel tief. Und während er fiel, gab er den Kampf gegen die Machtlosigkeit endlich auf. Er wusste, dass es vorbei war. Dass in diesem Moment alles zu Ende war.

Lucy liefen Tränen über das Gesicht, als sie seine Gefühle spürte. Er fühlte sich schon wieder machtlos. Dem Verlust seiner Kräfte, die ihm so viel bedeuteten, vollkommen ausgeliefert. Es war ein entsetzliches Gefühl. Kalt und schwer. Es nahm selbst ihr die Luft zum Atmen und kroch taub durch ihre Glieder.

»Hör jetzt auf!«, rief Lucy unter Tränen. »Du *bist* nicht machtlos. Das ist nicht wahr, hörst du?! Das ist nur dein Glaube. Dein Glaube macht dich machtlos. Dein Glaube lässt deine Kräfte schwinden, nicht diese Welt. Es ist dein Glaube, habe ich Recht?«

In dem Moment hielt der Zug an. Lucy sah aus dem Fenster und stellte erschrocken fest, dass sie schon da waren. Waren wirklich drei Stunden vergangen? Hatte sie drei Stunden lang zugesehen, wie er in den Abgrund gestürzt war? Immer wieder? Nikolas blickte ebenfalls hinaus und betrachtete einen Moment lang benommen den Bahnsteig. Dann sprang er plötzlich auf und griff nach Lucys Hand.

»Komm schnell!«, rief er und lief mit ihr aus dem Zug. Als sie den Bahnsteig betraten, standen am Ausgang schon mehrere Soldaten, die ihre Blicke über den Bahnsteig schweifen ließen und nach ihnen Ausschau hielten.

»Du erinnerst dich an den Weg, oder?«, flüsterte er.

Lucy sah ihn an und nickte. Er war so blass, dass sie

Angst hatte, er würde nicht einmal mehr einen Schritt mit ihr gehen können. Er wirkte krank. Und völlig fertig.

»Du kommst doch mit?!«

»Ich versuche es«, sagte er und rannte mit ihr los. Sie sprangen vom Bahnsteig und liefen über die Gleise, kletterten über das Geländer und hörten hinter sich, wie die Soldaten nach ihnen riefen: »Stehen bleiben!«

Als sie den Bahnhofsplatz erreichten, stürmten noch mehr Soldaten auf sie zu. Dann ließ Nikolas sie los.

»Lauf!«, rief er. »Lauf zum Ufer!«

Lucy drehte sich zu ihm um und sah, dass er stehen geblieben war. »Nein!«, schrie sie wütend. »Nein! Du kommst mit!«

»Lauf! Ich komme nach!«

Als dann mehrere Männer in schwarzen Anzügen auf sie zu stürmten, rannte sie doch wieder los. Sie flitzte in enormer Geschwindigkeit über den Platz. Als sie dann die Straße erreichte, hörte sie einen Schuss über den Platz schallen, blieb abrupt stehen und fuhr erschrocken herum. Dann sah sie, wie Nikolas in sich zusammensackte und Sekunden später regungslos am Boden lag. Entsetzen fuhr ihr durch die Knochen. Ein Entsetzen, das sie augenblicklich lähmte. Sie war bewegungsunfähig. Nicht mehr in der Lage zu laufen. Oder zu schreien oder zu weinen. Sie konnte nicht einmal mehr atmen. Jegliches Leben strömte ihr auf der Stelle aus dem Körper. Sie sah nur beiläufig, wie ihr die Männer immer näher kamen und ihre Waffen auf sie richteten. Ihr Blick haftete an Nikolas, der jetzt von einigen Soldaten in ein Auto gezerrt wurde.

Dann hörte sie jemanden hinter sich schreien. Es war eine Frau. Ihre Stimme gellte schrill über die Straße und übertönte sogar den rauschenden Verkehr. Lucy wollte sich nicht umdrehen. Sie wollte sterben. Sie wollte einfach umfallen und sterben.

»Ich sagte, Waffen weg!«, ertönte die schreiende Stimme erneut. Jetzt war sie näher.

Die Männer blieben stehen und blickten erschrocken in ihre Richtung. Als Lucy dann sah, wie ihre Waffen zu Staub zerfielen, drehte sie sich schließlich doch um und blickte direkt in das Gesicht einer rothaarigen Schönheit.

10

Angst

Sie stellte sich nicht vor. Und das musste sie auch gar nicht. Lucy erkannte sie. Sie hatte sie viel zu oft in ihren Gedanken gesehen. Sehen müssen. Sie war groß und schlank. Und ihre leuchtend grünen Augen wirkten fast hypnotisch. Lucy starrte sie mit offenem Mund an und merkte nicht, dass ihr immer noch Tränen über die Wangen liefen.

Alea streckte ihre Hand nach Lucy aus, griff nach ihrem Arm und zog sie dann mit sich. Erst Sekunden später, als Lucy mit ihrem benebelten Kopf endlich begriff, dass sie in die falsche Richtung liefen, riss sie sich los und brüllte sie hysterisch an.

»Wo willst du mit mir hin? Wir müssen Nikolas helfen! Sie haben ihn angeschossen!«

Alea sah sie emotionslos an, blickte einmal kurz in Nikolas' Richtung – sie waren schon mit ihm weggefahren – und sah dann wieder Lucy an.

»Wird schon«, sagte sie nüchtern, nahm erneut ihre Hand und lief wieder los. Lucy hatte keine Wahl. Sie musste mit ihr mitlaufen. Sie war fast so stark wie Nikolas. Und gegen ihn hatte sie ebenfalls keine Chance gehabt, als er sie durch die Stadt gezerrt hatte.

»Wie kannst du ihn im Stich lassen? Er ist dein Freund!

Er braucht unsere Hilfe!«

Sie reagierte nicht und lief einfach weiter. Mittlerweile waren sie am See angelangt und liefen am Yachthafen entlang.

»Bitte!«, schluchzte sie. Unaufhörlich liefen ihr Tränen über das Gesicht. »Bitte, lass uns umkehren!«

Jetzt sah sie Lucy endlich an. Aber ihr Blick war so eindringlich und stechend, dass sie innerlich erschauderte und sofort erstarrte.

»Willst du sterben?«, fragte sie barsch. »Das wirst du nämlich, wenn du dich diesen Leuten in den Weg stellst. Die verstehen keinen Spaß!«

Lucy schluckte und versuchte einen tiefen Atemzug zu nehmen. »Aber was ist mit Nikolas?«

»Der kommt schon klar«, sagte sie gelassen. »Er ist nur betäubt. Der kommt da schon allein wieder raus.« Sie wollte gerade weitergehen, aber dann riss Lucy so heftig an ihr, dass sie fast stolperte.

»Kommt er eben nicht!«, schrie sie. »Er hat seinen Glauben an sich verloren. Er ist völlig fertig wegen dieser schrecklichen Geschichte aus seiner Kindheit. Er glaubt, keine Macht mehr zu haben. Er fühlt sich ausgeliefert und machtlos. Wir *müssen* ihm helfen!«

Jetzt bekam Aleas Gesicht einen entsetzten Ausdruck. Endlich schien sie den Ernst der Lage zu begreifen.

In dem Moment ertönte plötzlich ein lautes Rauschen, das vom See her kam. Lucy und Alea drehten sich um und sahen, wie aus heiterem Himmel zwei Männer wie aus dem Nichts erschienen und vom steinigen Ufer auf sie zu liefen. Sie trugen dieselben Uniformen wie Nikolas.

»Was macht *ihr* denn hier?«, rief Alea verstört.

Als die beiden näher kamen, erkannte Lucy ihre Gesichter. Es waren seine Freunde! Sie liefen an ihnen vorbei und winkten ihnen dabei schelmisch grinsend zu.

»Bring sie schon mal in Sicherheit. Wir kommen nach«, rief der eine.

»Was?«, Alea schien sichtlich verwirrt. »Ich kann das Portal doch nicht ewig offen halten!«

Dann hielt der andere einen flachen Gegenstand in die Luft und winkte ihr damit zu.

»Nicht nötig. Wir haben einen Schlüssel.«

Alea entgleisten die Gesichtszüge. »Er hat *euch* einen Schlüssel gegeben?«, rief sie wütend. »*Euch??* Ihr seid doch viel zu unzuverlässig!«

Als sie sie aber nicht mehr hören konnten, lief Alea ihnen hinterher und zog Lucy mit sich.

»Wartet gefälligst!«

Lucy wusste nicht, welchem Gefühl oder welchem verwirrten Gedanken sie sich zuerst widmen sollte. Sie sah sich am Ufer um. Niemand von den wenigen Leuten hier schien bemerkt zu haben, dass die beiden gerade aus der Luft gefallen waren. Aus der Luft über dem See. Sie waren einfach aus dem Nichts gesprungen und leichtfüßig auf den Steinen gelandet. Und was zum Teufel meinten sie mit Portal? Und wofür brauchten sie den Schlüssel? Einen Schlüssel, der aussah wie ein Stück Glas, das in einen marmorierten Stein gefasst war.

Während sie den beiden Männern hinterher liefen, sah Alea sie plötzlich an.

»Erklären wir dir später, okay?« Plötzlich war ihre Stimme ganz sanft.

Dann hielten sie alle an der Straße an.

»Hattest du nicht den Befehl, sie zu Quidea zu bringen?«, sagte der große mit den langen, blonden Stoppeln und deutete mit einem Nicken auf Lucy.

»Hört mal.« Alea ignorierte seine Worte und zog Lucy näher an sich heran. »Niko scheint es nicht gut zu gehen. Sie sagt, er hat seinen Glauben verloren.«

Jetzt drehten sie sich beide zu ihnen um und blickten Lucy stoisch ins Gesicht. Sie bohrten ihre Blicke so tief in ihren Kopf, dass sie genau spüren konnte, wie sie nach Informationen suchten. In ihren Gesichtern spiegelte sich zwar ernsthafte Sorge wider, aber dennoch wirkten sie gelassen und ruhig. Viel zu gelassen, wie Lucy fand.

»Wegen der Geschichte aus seiner Kindheit«, sagte Lucy, um ihnen den Ernst der Lage klarzumachen. Sie schickte ihnen Bilder von Nikolas, wie er im Zug gesessen und vollkommen das Vertrauen verloren hatte. Sie spürte erneut seine Emotionen und bemerkte im selben Moment, wie Hilar und Paco auf Grund der Intensität dieser Gefühle mit den Köpfen zurückwichen. Sie sahen sie noch eine ganze Weile an und durchforsteten ihre Gedanken, Erinnerungen und Gefühle, wobei ihre Gesichtsausdrücke von Entsetzen zu Verständnis, dann von Neugier zu Überraschung und von Erstaunen zu Freude wechselten. Offenbar betrachteten sie gerade die Ereignisse der letzten Tage in ihrem Kopf wie einen Kinofilm, spulten ihre Erinnerungen hin und her und suchten nach Hinweisen, als wollten sie möglichst schnell eine Detektivarbeit abschließen. Es hätte nur noch gefehlt, dass sie eine Tüte Popcorn aus ihrer Tasche gezogen und sich geistesabwesend die offen stehenden Münder vollgestopft hätten. Gab es einen Grund für ihre unerhörte

Gelassenheit? Wussten sie vielleicht etwas, das sie nicht wusste? Dann hob der große Blonde plötzlich die Hand und deutete damit auf Alea.

»Ihr kennt euch ja bereits. Das hier ist Paco«, sagte er entspannt und schlug mit der flachen Hand auf die Schulter seines Freundes. Dieser lächelte, deutete eine Verbeugung an und reichte Lucy dann die Hand. Er strahlte eine liebevolle Ruhe aus und wirkte im Gegensatz zu seinem Freund eher schüchtern. Aber das lag womöglich nur daran, dass er nicht so viel sagte. In seinen grau-braunen Augen erkannte sie das gleiche Selbstbewusstsein, wie in Nikolas.

»Und ich bin Hilar«, sagte der Große und verbeugte sich ebenfalls.

»Lucy«, sagte Lucy und gab ihm verständnislos die Hand. Machten sie sich gar keine Sorgen? Sie konnten sich doch später einander vorstellen. Dann sickerte ihr plötzlich das fürchterliche Jucken ihrer Hand ins Bewusstsein zurück. Sie hatte die ganze Zeit gar nicht mehr daran gedacht. Vielleicht hatte es auch nachgelassen. Aber jetzt juckte es so schrecklich, dass sie sich am liebsten die Hand aufgekratzt hätte.

»Wir sollten uns beeilen«, sagte Hilar plötzlich. Er hielt immer noch ihre juckende Hand fest und betrachtete sie nachdenklich. »Der Kristall beginnt bereits mit ihr zu verschmelzen.«

Lucy schnappte nach Luft. »Verschmelzen?«, rief sie erschrocken und betrachtete ihre Hand. »Was soll das heißen?«

»Mach dir mal keine Sorgen, Lucy. Wir holen dir das Ding schon rechtzeitig da raus«, sagte Paco mit beruhigender Stimme.

Lucy verstummte sofort und biss sich auf die Lippe. Sollte sie ihm sagen, dass sie das gar nicht wollte? Jetzt sah er sie an und lachte herzhaft. Alea und Hilar schmunzelten ebenfalls.

Natürlich, dachte Lucy. Es war in Gegenwart dieser Leute gar nicht nötig, ihre Gedanken auszusprechen.

»Was passiert, wenn er mit mir verschmilzt?«, fragte sie nervös.

Alle drei zuckten mit den Schultern.

»Keine Ahnung«, sagte Hilar. »Aber wir sollten dieses Risiko lieber nicht eingehen. Außerdem brauchen wir den Splitter zurück. Quidea wird sauer, wenn Dickie sein fehlendes Stück nicht vollständig zurückbekommt.«

Lucy stutzte. *Dickie?*

»Das ist der Kristall«, erklärte Alea beiläufig, während sie beobachtete, wie Paco sich plötzlich von ihnen entfernte und mitten auf der Straße stehenblieb. Als ein Auto direkt auf ihn zu rauschte, hob er den Arm und deutete mit der Handfläche direkt auf das Fahrzeug. Sofort würgte der Motor ab und das Auto kam unmittelbar vor seinen Füßen zum Stehen. Er ging zum Fahrer, lehnte sich zu ihm vor und redete mit ihm. Dann sahen sie zu, wie der Mann ausstieg, über die Straße ging und sich am Fahrbahnrand im Schneidersitz auf eine Wiese setzte. Hilar lachte lauthals los und Paco winkte die drei zufrieden grinsend zu sich. Lucy sah dem Mann auf der Wiese überrascht in das entspannte, lächelnde Gesicht, während sie an ihm vorbeiging.

»Was hast du gemacht?«, fragte sie.

»Nichts weiter. Er wartet nur, bis wir ihm das Auto

zurückbringen. Kannst du fahren?«, fragte er und hielt ihr die Fahrertür auf.

Alle drei sahen sie jetzt an und machten hilflose Gesichter.

»Ich … äh … ich hab mal einen Führerschein versucht und … bin durchgefallen«, stammelte sie und sah von einem zum anderen. *Und eine zweite Prüfung konnte ich mir nicht leisten*, hätte sie beinahe hinzugefügt, beließ es aber dabei. Sie hatten den Gedanken sowieso gehört. »Kann von euch denn keiner fahren?«

Als sie keine Antwort erhielt, stieg sie schließlich missmutig ein. Konnten Gardisten generell nicht Auto fahren? Oder hatte sie gerade die drei erwischt, die sich erfolgreich davor gedrückt hatten, einen Führerschein zu machen? Sie warf ihnen einen kurzen, irritierten Blick zu, als sie bemerkte, dass sie keinen Schimmer hatten, was sie mit den Gurten machen sollten. Oder es gab in ihrem Land keine Autos, sinnierte sie, drehte den Schlüssel im Zündschloss um und umfasste entschlossen das Lenkrad. Dann nahm sie einen tiefen Atemzug, dachte an Nikolas und trat schließlich unerschrocken kräftig auf das Gaspedal.

Nikolas saß in einem fast leeren Raum auf einem Klappstuhl und starrte ins Nichts. Sein Körper fühlte sich immer noch taub an. Aber was noch viel schlimmer war, war die Taubheit in seinem Kopf. Die Leere und die Hoffnungslosigkeit. Immer wieder sah er ihr Gesicht vor sich. Ihre angsterfüllten Augen, als er sie angeschrien hatte, sie solle weglaufen. Er hasste sich dafür, dass er sein Versprechen ihr gegenüber nicht hatte halten können. Seine

Worte klangen in seinen Ohren wie eine Lüge. Und dabei hatte er sich so gern selbst glauben wollen, als er ihr gesagt hatte, dass er nachkommen würde. Aber es war zu spät. Seine Kräfte hatten ihn verlassen. So, wie sie alle Menschen in dieser Welt irgendwann verlassen hatten. In der Welt des Vergessens. Der Welt des Leids und der Traurigkeit. Sie hatte ihn wieder.

Sein Körper war so schlaff und energielos, dass er kaum die Kraft hatte, zu atmen. Er fragte sich, warum er noch nicht seitlich vom Stuhl gekippt war. Und außerdem wunderte er sich, dass die Schusswunde so schnell verheilt war. Der Betäubungspfeil war tief in sein Fleisch eingedrungen und das Gift zog immer noch durch seine Adern. Es machte ihn geradezu bewegungsunfähig. Aber die Wunde war verheilt. Vielleicht die letzte Auflehnung seines Körpers, dachte er. Er versuchte womöglich die übrigen Energien zu bündeln, um sich zu heilen. Wenn da überhaupt noch etwas übrig war.

Als die Stahltür mit einem lauten Quietschen aufging, hob er nicht einmal den Kopf. Er starrte weiter in die Leere. Es war ihm egal, wer sich vor ihn an den Tisch setzen würde, um irgendetwas über Lumenia in Erfahrung zu bringen. Oder über ihn, den Kristall oder was auch immer. Er würde ihnen sowieso nichts sagen. Egal, was sie mit ihm anstellten.

Ein Metallstuhl ratschte über den Steinboden und machte ein knacksendes Geräusch, als sich jemand darauf setzte. Dann klatschte eine Mappe auf den Tisch vor ihm und rutsche zu ihm hinüber. Nikolas starrte sie emotionslos an. Sie war nicht sonderlich dick. Vielleicht befanden sich fünf oder sechs Blätter zwischen den braunen Deckeln.

Vielleicht ein paar Fotos. Was auch immer. Er konnte es nicht fühlen. Er konnte gar nichts mehr fühlen. Seine Intuition war verschwunden.

»Das ist alles, was wir über dich wissen, Nikolas Augustin Berger. Du wirst seit 16 Jahren für tot gehalten«, sagte eine rauchige, tiefe Stimme. Nikolas durchzuckte ein tiefer Schmerz, als er seinen richtigen Namen hörte. Er riss erneut die Wunden auf, die ihn in dieses Loch gestürzt hatten und erinnerte ihn an seine Machtlosigkeit. Ja, Nikolas Berger war machtlos gewesen. Machtlos gegen die Wirklichkeit. Und machtlos gegen das Leben. Genauso wie jetzt.

»Wir wissen, was vor 16 Jahren passiert ist. Und wir wissen, dass du seit dem in Lumenia lebst. Wir wollen nur wissen wie du dort hin gelangt bist, Junge.«

Er klang fast väterlich. Aber auch das war ihm egal. Er hatte einen Vater. In Lumenia. Einen Vater, den er nie wiedersehen würde.

Der Mann lehnte sich jetzt in seinem knarzenden Stuhl zurück und seufzte schwer. »Du hast zwei Möglichkeiten«, sagte er ernst. »Entweder du sagst es uns freiwillig«, er hielt einen Moment inne und beobachtete seine Reaktion; als er sich aber nicht rührte, fuhr er fort, »oder wir müssen dich dazu zwingen.«

Nikolas zuckte nicht einmal mit der Wimper. Und ihm war auch nicht nach lachen zumute, was angesichts dieser lächerlichen Drohung mehr als angebracht gewesen wäre. Glaubten sie wirklich, er würde auch nur eine Silbe sagen? Sie hatten kein Druckmittel in der Hand. Er hatte Alea auf Lucy zu rennen sehen, noch bevor sie sie selbst gesehen hatte. Sie war in Sicherheit. Und etwas Anderes gab es nicht. Er hatte weder Angst vor dem Tod, noch vor dem Schmerz. Von beidem hatte er in seinem Leben schon reichlich gekostet.

Jetzt nahm der Mann die Mappe wieder an sich und blätterte sie auf. Plötzlich rutschte ein Foto über den Tisch und blieb direkt unter Nikolas' Nase liegen. Es war ein Foto von Lucy. Ein Passbild, auf dem sie versuchte möglichst fröhlich auszusehen. Aber ihre roten, kranken Augen strahlten Traurigkeit und Schmerz aus. Sein Herz fing sofort an zu rasen, als er sie sah.

»Lucy Meier«, las der Mann aus der Mappe vor. »24 Jahre alt, alleinstehend. Ihre Krankengeschichte ist länger als mein verdammter Lebenslauf«, kommentierte er ein paar Blätter, die er nun zur Seite legte. »Abgeschlossene Schullaufbahn, anschließend Jobs, die sie zeitweise über Wasser hielten, eine verpatze Führerscheinprüfung, die sie von ihren Ersparnissen bezahlt hat.« Er hielt inne und sah Nikolas wieder einen Moment an. Doch er regte sich immer noch nicht. »Ihre Lieblingsfarbe ist gelb«, fuhr er ungeduldig fort, »sie liebt Hunde - vornehmlich Bernhardiner –, hat eine Schwäche für kitschige Liebesromane und verbringt ihre Freizeit damit, im Internet Reisen zu buchen, um sie dann wieder zu stornieren, weil sie kein Geld hat, sie zu bezahlen. Ihre finanziell notleidende Familie lebt in einem Ghetto, nicht weit von ihr und ihre beste Freundin ist ein Sportass und nimmt regelmäßig an Turnieren teil.« Er holte tief Luft und schlug die Mappe wieder zu. »Das alles habe ich innerhalb von 24 Stunden über sie herausgefunden und ich brauche nur Minuten, um ihr dieses Leben vollständig zu zerstören.«

Stille. Eine unheimliche Stille legte sich nun zwischen die

beiden. Nur die kleine Birne über dem Tisch, die ihr Licht schwach durch den Raum schickte, surrte wie eine kleine Fliege.

»Zeig mir den Weg nach Lumenia, oder ich werde eine Dampfwalze über ihr Leben rollen lassen, die alles unter sich begräbt, was ihr lieb und teuer ist.«

Jetzt endlich regte sich etwas. Langsam und mühevoll, fast in Zeitlupe, hob Nikolas den Kopf und peitschte ihm einen Blick entgegen, der ihn erschaudern ließ. Gleichzeitig atmete er jedoch auf. Er hatte ihn. Er hatte ihn genau da, wo er ihn haben wollte. Da, wo es wehtat.

11

Vergangenheit

»Wo lang?«, fragte Lucy aufgeregt, als sie den Stadtrand erreichten.

»Rechts!«, sagten alle drei gleichzeitig.

Sie bog mit quietschenden Reifen in eine Seitenstraße ein und wischte sich dann ihre schweißnassen Hände abwechselnd an der Hose trocken.

»Und wo ist er?«

»In so einer Art Lagerhaus«, sagte Alea und starrte mit leerem Blick auf die Straße.

»Und geht es ihm gut?« Lucy hatte den Kontakt zu ihm verloren, seit sie gesehen hatte, wie er auf dem Bahnhofsplatz angeschossen worden war. Vielleicht lag es an ihren Gefühlen. Sie blockierten wahrscheinlich ihre Fähigkeiten. Aber sie fühlte sich auch nicht in der Lage daran etwas zu ändern. Sie hatte einfach fürchterliche Angst um ihn.

»Was machen sie mit ihm? Was ist, wenn wir nicht rechtzeitig da sind?«

»Beruhige dich«, sagte Alea. »Sie befragen ihn nur. Aber die Sache mit seiner Kindheit macht ihn wirklich fertig.«

Einen Moment lang sagte niemand etwas. Sie sahen alle aus den Fenstern und hingen ihren Gedanken nach. Dann ergriff Lucy wieder das Wort.

»Wie … konnte er das überleben?« Sie sah ihn erneut vor sich, wie er abrutschte und in die Tiefe stürzte, und zuckte bei dem Gedanken innerlich zusammen.

»Er ist nicht unten aufgekommen«, antwortete Alea gleichmütig.

Lucy wandte sich zu ihr um und starrte sie entgeistert an. »Wie bitte?«

»Er ist der erste Mensch, der es geschafft hat, aus eigener Kraft ein Portal zu öffnen«, erklärte Hilar und grinste sie stolz durch den Rückspiegel an.

Lucy begegnete seinem Spiegelbild mit Verständnislosigkeit. *Portal? Was redete er da?*

»Er wurde bestimmt schon mindestens tausendmal gefragt, wie er das gemacht hat«, knüpfte Alea an, »aber er sagt immer nur dasselbe.« Sie ließ einen Moment verstreichen und schien über die Worte nachzudenken, die sie gleich sagen würde. »Als er in die Tiefen stürzte, war es wie eine Erleuchtung für ihn. Er gab alles auf. Alle seine Kämpfe. Und davon hatte er reichlich, wie du weißt.« Sie sah Lucy an und lächelte wissend. »Der Kampf gegen die Machtlosigkeit, gegen das Ausgeliefertsein. Der Kampf gegen sich selbst, weil er nicht so war, wie er gern sein wollte.«

Lucy stockte der Atem. Diese Kämpfe kannte sie. Sie kannte sie nur zu gut. Sie hatte auch ihr Leben lang gegen sich selbst gekämpft. Gegen das, was sie war. Gegen das, *wie* sie war. Sie hasste ihre Machtlosigkeit ebenfalls und hatte sich auch schon immer ausgeliefert gefühlt. Als sei das Leben etwas, gegen das man nichts ausrichten konnte.

»Er gab diese Kämpfe auf, weil er wusste, dass sein Leben vorbei war, wenn er unten aufschlug. Sie waren sinnlos geworden, denn er begriff, dass sie ihm jetzt nicht mehr helfen konnten. Egal wie sehr er gegen die Tatsache ankämpfte, dass er gerade in den Tod stürzte; es änderte nichts. Das alles ging ihm in diesem Moment durch den Kopf. In Bruchteilen von Sekunden erkannte er das, was viele Menschen ihr ganzes Leben lang nicht verstehen.«

Lucy bekam eine Gänsehaut, während Alea erzählte. Zu hören, wie er das, was er ihr in den letzten beiden Tagen versucht hatte beizubringen, selbst erfahren und durchlebt hatte, ergriff sie zutiefst.

»Als er alles aufgab, konnte er selbst den Tod akzeptieren. Er bewertete ihn nicht mehr als etwas Schlechtes, sondern nahm ihn einfach hin. Aber dann«, Alea hielt erneut inne und lächelte belustigt, »kam sein störrischer Dickkopf durch«, beendete Hilar ihren Satz und lachte. Paco schaute schmunzelnd aus dem Fenster und nickte zustimmend. Lucy sah neugierig von einem zum anderen und hakte ungeduldig nach: »Was meint ihr damit? Was ist dann passiert?«

»Das Gefühl der Machtlosigkeit hatte sich in ihm aufgelöst, also konzentrierte er sich mit aller Macht auf das Gegenteil. Auf seine Kraft«, sagte Paco mit anerkennendem Tonfall. »Und irgendwie hat er es dann geschafft seine Energie so weit anzuheben, dass sich unter ihm ein Portal geöffnet hat.«

»Tja«, machte Alea und lachte kurz. »Und dann ist er einfach vom Himmel gefallen und mitten in Lumenia gelandet.«

Lucy runzelte die Stirn und sah sie skeptisch an.

»Er ist in ein Portal gefallen?«

Dann lachte sie erneut. »Ich weiß, das muss für dich

ziemlich verrückt klingen. Aber lassen wir das erst einmal so stehen. Du wirst noch früh genug erfahren, was ich meine. Jetzt sollten wir uns erst einmal darauf konzentrieren, ihn aus diesem Loch herauszuholen. Ich bin nicht sicher, ob er es dieses Mal allein schafft. Kann einer von euch zu ihm vordringen?«

Sie sah die beiden Freunde auf der Rückbank an und schnaubte, als sie mit den Köpfen schüttelten. »Er hört uns nicht. Links, die Landstraße entlang, Lucy«, sagte Paco und deutete mit dem Finger auf ein Straßenschild.

»Was ist mit dir Lucy? Durch den Kristall hast du vielleicht eher die Möglichkeit zu seinen Gedanken durchzukommen.«

Lucy schüttelte mit dem Kopf und biss die Zähne zusammen. Erneut breitete sich Angst und Verzweiflung in ihr aus. Sie konnte nicht einmal fühlen, wo er war, geschweige denn seine Gedanken hören. Plötzlich fühlte sie sich von ihren Fähigkeiten genauso verlassen, wie er. War es immer so, wenn man Angst hatte?

»Die haben dich nicht verlassen, Lucy«, sagte Alea und formte mit ihren vollen Lippen ein verständnisvolles Lächeln. Sie strahlte eine perfekte, unerschütterliche Ruhe und Gelassenheit aus. »Du hast höchstens den Kontakt verloren«, fuhr sie fort. »Aber der lässt sich ganz leicht wieder herstellen. Nikolas hat dir sicher erklärt, wie du deine Gefühle unter Kontrolle bringst, oder?«

Lucy nickte. »Indem ich sie akzeptiere.«

»Genau. Angst ist kein Feind, Lucy. Kein Gefühl und kein Gedanke ist dir jemals feindlich gesonnen, also hast du auch keinen Grund, gegen sie zu kämpfen. Es ist nicht die Angst, die dich blockiert. Es ist der Kampf gegen sie.«

Sie hatte Recht. Ihre Gefühle und ihre Gedanken waren nie böse. Sie wollten ihr nur helfen. Lucy sah wieder auf die Straße und atmete tief durch. Dann entspannte sie sich innerlich und nahm all ihre Gefühle, all die Angst und Panik und die Verzweiflung und den Schmerz einfach hin. Sie akzeptierte sie und nahm auch die schrecklichen Bilder an, die immer wieder vor ihrem inneren Auge abspielten, wie Nikolas angeschossen in sich zusammensackte. Sie nahm sie aus tiefstem Herzen an, auch wenn sie ihr den Magen umdrehten. Sie wollten ihr mit all diesen Gefühlen nur zeigen, was für sie wichtig war. Was in ihrem Leben von Bedeutung war. Nein, sie waren nicht böse. Es war ihre Bewertung, die böse war. Ihr innerer Kampf dagegen. Es war weder schlecht, noch gut, dass Nikolas angeschossen worden war. Es *war* einfach. Es war die Realität. Auch wenn sie wehtat, sie akzeptierte sie einfach.

Sofort spürte sie, wie sich alles in ihrem Körper entkrampfte. Sie atmete noch einmal tief ein und lehnte sich erleichtert zurück. Doch dann, nach ein paar Atemzügen, fing ihre Hand wieder fürchterlich an zu jucken. Sie kratzte sich das Mal und spürte, wie sich zu dem Jucken nun auch noch ein leichtes Stechen hinzu gesellte. Es zog ihr durch den Arm, bis in die Mitte ihrer Brust, wo sich plötzlich eine behagliche Wärme ausbreitete. Lucy seufzte leise und legte eine Hand auf ihre Brust. Dann fing es in ihrem Bauch erneut an zu surren und wieder stieg ihr dieses Gefühl so sehr zu Kopf, dass es ihr den Geist vernebelte und sie völlig ruhigstellte. Sie betrachtete rammdösig die Straße und hörte jetzt plötzlich wieder Stimmen in ihrem Kopf.

Der Kristall erweitert ihr Bewusstsein. Das war Pacos Stimme.

Ich weiß, dachte Alea und sah Lucy dabei an. *Ich kann es fühlen.*

Hammer, dachte Hilar. *Fühlt sich heftig an. Mit dieser Energie könnte sie den Mond aus seiner Umlaufbahn schubsen.* Dann lachte er.

Das nützt aber alles nichts, wenn sie nicht an sich glaubt.

Lucy reagierte nicht auf ihr Gespräch. Sie hörte es nur beiläufig, wie ein Raunen in ihrem Hinterkopf. Sie war viel zu beschäftigt damit, dem Gefühl zu folgen, das sich jetzt in ihr ausbreitete. Ein wissendes Gefühl. War ihre Intuition zurück? So schnell? Sie fuhr jetzt in ein Industriegebiet und wusste plötzlich genau, wo sie hin musste. Und sie spürte auch Nikolas wieder. Sie spürte ihn so deutlich wie zuvor in dem Hotelzimmer. Seine Präsenz zog ihr wie ein Sonnenaufgang durch das Bewusstsein. So warm und angenehm. Sofort traten ihr Tränen in die Augen vor Glück. Sie atmete tief und erleichtert ein und sah Alea glücklich an. Diese lächelte und klopfte ihr anerkennend auf das Knie.

»Gut gemacht«, sagte sie. »Kannst du ihn jetzt hören?«

Lucy lauschte in sich hinein und suchte nach seiner Stimme. Und dann hörte sie endlich wieder ihren vertrauten, klaren Klang. Sofort stiegen Glücksgefühle in ihr auf, doch als sie hörte, was er dachte, flauten sie im selben Augenblick wieder ab.

»Er glaubt immer noch, dass dieser Ort ihm seine Kraft genommen hat«, sagte sie enttäuscht und machte ein unglückliches Gesicht.

»Ich weiß«, entgegnete Alea. »Kannst du mit ihm sprechen?«

Lucy rief in Gedanken mehrmals seinen Namen und wartete einen Augenblick. Aber er reagierte nicht. Sie schüttelte den Kopf und sah Alea hilflos an.

»Warum glaubt er das bloß? Das kann doch nicht wahr sein, oder? Ein Ort kann einem doch nicht die Energie rauben?!«

Hilar lehnte sich nun vor und stützte sich auf ihrem und Aleas Sitz ab. »Es ist schon richtig, dass die Energie in deiner Welt um einiges niedriger ist, als bei uns«, erklärte er. »Wenn wir uns zu sehr auf dieses Energieniveau einlassen, sinkt unsere Kraft mit ab. Aber es muss nicht so sein.«

»Er glaubt aber daran«, fügte Alea hinzu. »Weil er seit seiner Kindheit Angst vor dieser Welt hat. Er hat hier nur Schmerz und Leid erfahren. Es ist ganz natürlich, dass er glaubt, sie würde ihm seine Kräfte rauben und ihn wieder machtlos machen. So wie früher.«

»Aber er war doch nie machtlos!«, erwiderte Lucy verzweifelt.

»Im Grunde weiß er das auch«, brummte Hilar und stieß ein tiefes, grummelndes Seufzen aus. »Jemand müsste ihm mal gehörig den Kopf waschen und ihm wieder klarmachen, wer er eigentlich ist.«

Er klang wütend. Und Lucy konnte auch verstehen, warum. Er machte sich Sorgen. Genauso wie sie.

Sie trat jetzt fester auf das Gaspedal und versuchte weiterhin ihn zu erreichen. Unaufhörlich rief sie seinen Namen. Sie musste ihm helfen, sich zu erinnern. An seine Geschichte und an seine Kraft. Und sie würde so lange an der Barriere rütteln, die er sich aufgebaut hatte, bis sie in sich zusammenfiel.

12

Erinnerung

»Sie sind gleich hier«, sagte der Soldat, der in der Tür stand.

»Danke«, entgegnete der alte General und gab ihm mit einer winkenden Handbewegung zu verstehen, dass er wieder verschwinden sollte. Als er die Tür wieder geschlossen hatte, stand der Alte auf und ging mit langsamen, schlurfenden Schritten zu Nikolas hinüber. Er saß immer noch schwach und kraftlos auf dem Stuhl. Jedoch fraß sich seit einer Weile eine Wut durch seinen Körper, die ihn innerlich erbeben ließ. Und trotzdem hatte er nicht die Kraft auch nur seinen kleinen Finger zu rühren, um dieser Bestie neben ihm den Hals umzudrehen.

»Sie kommt her, Junge«, sagte der Mann.

Nikolas biss die Zähne zusammen und starrte schäumend vor Wut auf den Tisch.

»Sie kommt deinetwegen.« Jetzt wurde seine Stimme schwer und bissig. Er beugte sich zu ihm vor und sprach direkt an seinem Ohr weiter. »Und du lässt sie direkt ins Messer laufen. Weil du zu stolz bist, dir einzugestehen, dass du verloren hast!« Die letzten Worte hatte er ihm wütend ins Ohr gebrüllt. »Mein Gott, begreife endlich, dass es keinen Sinn hat, sich zu wehren! Ihr seid machtlos! Ihr seid uns machtlos ausgeliefert!«

Die Worte schlugen ihm so heftig um die Ohren, dass sie mehrfach in seinem leeren Kopf widerhallten und ihn jedes Mal wie ein Faustschlag mitten im Gesicht trafen. *Machtlos. Machtlos.* Immer wieder jagten sie ihm ihre kalte, schmerzhafte Bedeutung durch den Körper und ließen ihn unaufhörlich zusammenschrecken. Sie waren unmittelbar mit seiner Kindheit verknüpft. Mit einem Gefühl, das ihn innerlich so lähmte, wie es dieser Giftpfeil mit seinem Körper machte. Er sah sich in den Abgrund stürzen. In den unvermeidbaren Tod, dem er machtlos ausgeliefert war. Doch dann – jetzt hob er langsam und beschwerlich wieder den Kopf und starrte ins Nichts – war er aufgewacht. Noch bevor sein Körper auf dem Marktplatz – mitten in Lumenia – aufgeschlagen war, war er aufgewacht. Er erinnerte sich, wie er damals, als 11-jähiger Junge, dem Tod ins Gesicht gelacht hatte. Weil er ihn nicht mehr fürchtete. Weil er gar nichts mehr fürchtete. Er erinnerte sich an das Loslassen, die Akzeptanz und den inneren Frieden. Diese unglaubliche innere Ruhe und Harmonie, weil er aufgehört hatte zu kämpfen. Gegen sich selbst und gegen seine Gefühle. Aber es schienen nicht seine eigenen Erinnerungen zu sein. Es fühlte sich an, als würde sie ihm jemand von außen eingeben. Er konnte nicht sagen, wer es war. Ob es überhaupt jemand war. Er spürte nur, wie ein Gefühl von außen zu ihm vorzudringen versuchte. Ein Gefühl, das er kannte. Er hatte es in dem Moment kennengelernt, als die inneren Kämpfe, die er immer mit sich ausgetragen hatte, still geworden waren. Und Platz für etwas Anderes machten. Für etwas, das so mächtig war, dass es sogar dem unvermeidlichen Tod trotzte und eine Tür zu einer Welt öffnete, die genau dieses Gefühl widerspiegelte. Das Gefühl, das ihn verwandelt hatte – von Nikolas Augustin Berger in Nikolas Key – und das ihn seit dem immer begleitet hatte.

Vertrauen. Unerschütterliches, eisernes Vertrauen. Eine innere Sicherheit und Zuversicht, die ihn immer ausgezeichnet hatte. Die ihn zu dem machte, der er war. Plötzlich spürte er sie wieder. Sie riss die Mauer des Vergessens, des Schmerzes und der Angst in diesem Moment einfach ein und traf ihn mit all ihrer Macht mitten im Herzen. So wie damals. Aber dieses Mal war sie nicht von ihm ausgegangen. Dieses Mal kam sie von außen. Sie kam direkt von *ihr*.

Sein ganzer Körper entspannte sich mit einem Mal und als er sie dann spüren konnte, lächelte er glücklich. Sie war bei ihm. Und sie versuchte mit ihrer zarten Stimme und ihren Gefühlen zu ihm durchzukommen. Nikolas riss sofort alles nieder, was ihn daran hindern konnte, sie in seinem Kopf zu hören. Und als ihre Worte dann endlich Zugang zu ihm fanden, atmete er erleichtert auf.

Ich glaube an dich!, sagte sie in Gedanken zu ihm. *Ich glaube an dich!!*

Der General ging neben ihm auf und ab und redete immer noch wütend auf ihn ein. Als er ihn dann aber lächeln sah, stoppte er schlagartig und schnaubte.

»Was gibt's da zu grinsen?«, schnauzte er.

Nikolas hob den Kopf und sah ihn friedfertig an.

»Ich muss jetzt gehen«, sagte er ruhig, stützte seine Hände auf dem kalten Metalltisch ab und stand ohne Probleme auf. Plötzlich waren seine Kräfte auf wundersame Weise zu ihm zurückgekehrt. Vielleicht waren sie aber auch nie fort gewesen, dachte er. Er spürte, wie die Energie erneut in ihm aufstieg und ihm alles zurückgab, was er zuvor vermisst hatte. Was er vermisst *geglaubt* hatte. Lucy hatte Recht gehabt. Es war nur sein Glaube gewesen, der ihm die Macht geraubt hatte. Aber er hatte ihr nicht zuhören wollen. Ihre Worte standen im Konflikt mit seinem Glauben, dass diese Welt ein schrecklicher Ort war, an dem man sich selbst verlor. Ein Ort, an dem es nichts anderes gab, als Leid und Kummer. Das war sein Glaube. Das war es, was er erfahren hatte. Schon als kleiner Junge. Es war zu seiner Überzeugung geworden und er hatte nichts unternommen, um dieses Programm in seinem Kopf loszuwerden, das seine Wirklichkeit bestimmte. *Welch Ironie,* dachte er und lachte innerlich. Er hatte all das versucht Lucy beizubringen und den dümmsten Glauben bei sich selbst nicht gesehen.

Der General trat irritiert einen Schritt zurück und glotzte Nikolas mit großen Augen an. »Wie ist das möglich? Deine Knochen müssten weich wie Gummi sein, Herr Gott!«

Nikolas schob den Stuhl zurück und trat ein paar Schritte auf ihn zu. Dann lächelte er milde.

»*Ich* bestimme über mein Leben«, sagte er leise und beherrscht. »Niemand sonst. Und egal, wie es für dich aussehen mag, letzten Endes trägt es *meine* Handschrift. Wie immer.«

Lucy jubelte plötzlich so laut, dass Alea erschrocken zusammenzuckte. Hilar und Paco lachten lauthals los und jubelten ebenfalls.

»Das alte Sorgenkind hat's mal wieder geschafft!«, rief Hilar und reckte die Faust. Alea atmete erleichtert auf. Dann hielt Lucy direkt vor einem mehrstöckigen Lagerhaus. Alle vier stiegen sofort aus und Lucy wollte schon glücklich auf die Eingangstür zu laufen. Doch Paco hielt sie fest.

»Warte kurz!«

Hinter der Tür hörten sie es laut poltern. Schüsse fielen und laute Rufe hallten durch das ganze Gebäude. Dann war es still. Lucy beobachtete gebannt die Tür und hielt den Atem an. Und als sie dann quietschend aufging, lief sie – bevor sie überhaupt sehen konnte, *wer* sie öffnete – einfach los. Im nächsten Moment sah sie ihn so lässig und gemütlich aus dem Haus schreiten, als sei nie etwas vorgefallen. Er klopfte sich den Staub von der Hose und versuchte sein störrisches, lockiges Haar zu richten, das ihm zu Berge stand. Dann hob er den Blick und sah Lucy an, wobei sich ein glückliches, strahlendes Lächeln in seinem Gesicht zeigte.

Ohne auch nur einen Moment zu zögern, sprang sie ihm in die Arme und hielt ihn ganz fest. Er lachte erfreut, legte liebevoll seine Arme um ihren Körper und flüsterte ihr ins Ohr: »Danke, Lucy!« Seufzend grub er sein Gesicht in ihr Haar und atmete langsam und tief ein. *Du hast mir das Leben gerettet.*

»Gern geschehen«, flüsterte sie zurück und lehnte sanft ihre Wange gegen seine. *Du hast auch meines gerettet.*

Er fühlte sich heiß an, aber es war keine unnatürliche Hitze. Es war die Wärme von Energie. Sie konnte sie genau spüren. Genauso, wie all seine Gedanken und Gefühle. Ihr war, als gäbe es zwischen ihnen keine Distanz mehr, die sie überwinden mussten. Seine Gedanken schwirrten durch ihren Kopf, wie ihre eigenen und seine Gefühle tobten durch ihren Körper, als haben sie sich dorthin verirrt. Es war, als hielte sie sich selbst im Arm. Sie spürte, wie es sich für ihn anfühlte, sie zu umarmen. Sie zu berühren. Sie spürte seine Erleichterung, sein Glücksgefühl und die Zuneigung, die er für sie empfand. Und sie konnte genau spüren, wie er ihre Gefühle und Gedanken wahrnahm und darauf reagierte. Sie waren wie ein einziger Körper. Und gleichzeitig existierten sie in beiden.

Hilar, Paco und Alea traten nur ganz zögerlich an sie heran. Lucy spürte sie in ihrem Rücken. Sie löste sich mühsam aus der Umarmung und machte Platz für seine Freunde, die ihm nun glücklich und erleichtert auf die Schulter klopften. Alea nahm ihn kurz und freundschaftlich in den Arm und achtete darauf, dass die Berührungen nicht zu lang oder zu intim waren. Lucy spürte ihre Vorsicht. Sie wollte ihrer neuen Freundin nicht vor den Kopf stoßen.

Neue Freundin, dachte Lucy und sah Alea überrascht an, als die Worte in ihrem Kopf widerhallten. Diese lächelte ihr nun zu und zwinkerte neckisch.

»Mann, für einen Moment hab ich echt gedacht, du packst es dieses Mal nicht«, sagte Hilar.

»Hab ich für einen Moment auch gedacht«, entgegnete Nikolas und sah Lucy dabei an.

»Wäre Lucy nicht gewesen, hätte ich dich da 'rauszerren müssen. Wie versprochen.«

Nikolas lachte. »Ich weiß.«

»Dein Geschenk kriegst du trotzdem«, sagte Alea nun. »Schließlich hast du es ja ohne *unsere* Hilfe geschafft.« Dabei sah sie Lucy ebenfalls an und grinste. Hilar und Paco stimmten nickend zu.

»Geschenk?«, fragte Lucy. Hatte Nikolas etwa Geburtstag? Gerade heute?? Sie versuchte in ihren Gedanken irgendetwas darüber zu erfahren. Aber plötzlich schien es, als hätten sie alle eine Mauer um ihre Gedanken aufgebaut. Sie konnte sie nicht mehr hören. Nur Nikolas' vertraute Stimme drang in ihren Kopf vor.

Sie wollten mich mit Geschenken nach Hause locken, dachte er lachend.

Oh!, dachte sie. *Verstehe*. Das hätte sie wahrscheinlich auch versucht, wenn sie gewusst hätte, dass ihn Geschenke so sehr reizten.

Er lachte und klärte sie darüber auf, dass es sich nicht um normale Geschenke handelte. Sondern um etwas, das er ihnen unmöglich ausschlagen konnte. Etwas von wirklich großem, persönlichen Wert. Mehr verriet er ihr jedoch nicht, denn Alea bat ihn in Gedanken, nicht zu viel auszuplaudern. Das hatte sie deutlich hören können. Warum, war ihr jedoch ein Rätsel. Aber sie hatte das Gefühl, dass sie es noch erfahren würde.

In diesem Moment rauschten plötzlich mehrere Autos auf den Platz vor das Lagerhaus und kamen direkt neben ihnen zum Stehen. Dann stiegen mindestens 10 oder 15 Männer und Frauen aus, welche die gleiche Uniform trugen, wie Alea. An den Steuern saßen normale, zivil gekleidete Menschen, die offensichtlich froh darüber waren, behilflich sein zu können. Die Gardisten gingen nun an ihnen vorbei auf das Lagerhaus zu und grüßten Nikolas beiläufig, gratulierten ihm und wünschten ihm eine gute Heimreise.

Lucy blickte sie verwirrt an.

»Das Aufräumkommando«, sagte Paco knapp.

»Sie vernichten die Informationen, die sie über uns und Lumenia und auch über dich gesammelt haben und löschen ihre Erinnerungen«, erklärte Nikolas weiter. »Damit du ein sorgenfreies Leben, ohne Verfolgungsjagden und all das, genießen kannst, wenn du zurückkehrst.«

»Wenn ich von wo zurückkehre?«

Nikolas lächelte sie nun bedeutsam an und tippte mit dem Finger auf das Wappen an Pacos Schulter. Und jetzt erkannte sie endlich, was das verschnörkelte Symbol darstellte. Es war ein L. Ein L, das für Lumenia stand.

13

Eine letzte Lektion

Lucy erwachte in einem abgedunkelten Raum. An den Seiten der Jalousien drang ein wenig Sonnenlicht hindurch. Es hatte eine seltsame Farbe. Silbrig-gold, gemischt mit einem hellen Rot. Es sah unwirklich aus. Lucy kniff die Augen zusammen und rieb sich die Schläfen. Sie hatte schon wieder Kopfschmerzen. Als sie sich aufsetzte, sah sie sich um. Vor dem großen Fenster baumelte ein filigranes Windspiel, das sich in dem sanften Luftzug bewegte, der angenehm und kühl durch den Raum flog. Neben ihrem Bett stand eine große Vase mit bunten Blumen auf einem seltsam gefertigten Nachtschränkchen. Die Kanten waren allesamt rund und geschwungen. Auch die anderen Möbel in diesem Raum – einige Kommoden, Regale und ein Sessel direkt neben ihr – hatten diese untypische, runde Form.

Als sie gerade die Decke wegschlagen wollte, um aufzustehen, hörte sie ein Geräusch unter dem Bett.

»Pssst!«

Lucy beugte sich vor und sah, wie unter dem Bett ein kleines Mädchen hervor krabbelte. Sie trug so etwas wie einen lockeren Ganzkörper-Body. Einen fliederfarbenen Einteiler mit zwei Knopfleisten. Lucy beäugte die eigensinnige Kleidung des Kindes erstaunt und sah ihr schließlich in die großen, dunklen Augen.

»Ich bin Mika«, flüsterte sie so leise, dass Lucy kaum ein Wort verstand und reichte ihr die kleine Hand. Lucy ergriff sie und schüttelte sie sanft.

»Ich hab noch nie einen Menschen von drüben gesehen. Seid ihr da alle so hübsch?«

Lucy wurde rot. »Von drüben?«

Mika nickte energisch. »Von drüben. Der anderen Welt. Eigentlich lassen wir niemanden von euch hierher. Es ist zu gefährlich. Du musst eine große Ausnahme sein.«

Sie starrte das kleine Mädchen erschreckt an und versuchte ihre Worte zu verstehen. Aber das, was sie sagte, machte einfach keinen Sinn. Andere Welt? *Wer* lässt *wen* nicht *wohin*? Sie dachte, sie wäre in einem Land, das nicht gefunden werden konnte. So hatte Nikolas es ihr gesagt. Wie auch immer das möglich sein sollte – vielleicht befand sich dieses Land an einem Zipfel des Nordpols, den noch kein Mensch betreten hatte, oder versteckt im Himalaya, wo es eine kleine, geheime Bevölkerungsgruppe gab, die übersinnliche Fähigkeiten besaß. Mika sah sie einen Moment lang an und lächelte dann liebevoll.

»Oh, tut mir leid. Ich dachte, du wüsstest, wo du bist.«

Lucy sah sich in dem Zimmer um und versuchte sich die letzten Ereignisse ins Gedächtnis zu rufen, an die sie sich erinnern konnte. Sie war mit Nikolas und seinen Freunden zum See zurückgekehrt. Dann hatte Alea einen flachen Gegenstand aus ihrer Tasche gezogen und Lucy angewiesen, einfach das zu tun, was sie sagte. Sie hörte immer noch ihre verrückten Worte in ihrem Kopf: *Spring einfach mit uns ins Wasser. Spring so weit, wie du kannst.*

Dann hatte sie den Kristall, der in den marmorierten Stein eingefasst war, irgendwie aktiviert. Er hatte angefangen zu leuchten, als sie *Jetzt* gerufen hatte. Und dann waren sie ins Wasser gesprungen. Aber sie hatten die Wasseroberfläche nicht berührt. Sie waren von einem gleißenden, warmen Licht über das Wasser hinweg gezogen worden. Hatte sie das geträumt? Sie schüttelte verstört mit dem Kopf, als könne sie so die Erinnerungen korrigieren. Aber sie war offenbar tatsächlich in ein Portal gesprungen. Danach hatte sie wohl das Bewusstsein verloren.

»Das liegt an der Energie«, klärte das Mädchen sie auf. »Sie hat dich ganz schön umgehauen!« Dann kicherte sie und nahm ihre Hand in ihre beiden kleinen Hände.

»Da ist der Kristall drin, oder?«, fragte sie neugierig. »Das fühlt man. Es kribbelt.«

Lucy sah sie verwirrt an. Was für eine Art Portal war das nur gewesen? Überbrückte es nur große Entfernungen, oder auch die Zeit? War sie vielleicht in der Vergangenheit gelandet? Bei allem, was sie erlebt hatte, würde sie das nicht im Geringsten überraschen.

Mika ließ nun ihre Hand los und lächelte fröhlich.

»Ich erklär's dir, ja? Meine Mama erzählt mir die Geschichte immer, bevor ich einschlafe.« Sie hockte sich neben Lucy auf das Bett, wobei ihre dunklen, kringeligen Zöpfe auf und ab wippten und begann zu erzählen: »Eigentlich will sie nicht, dass ich so viel darüber erfahre, aber ich bin so neugierig. Ich möchte immer alles über die Gegenwelt wissen. Als ich gehört habe, dass du hier bist, musste ich sofort zu dir. Ich wollte sehen, wie die Menschen von drüben aussehen. Ich hätte nicht gedacht, dass ihr so hübsch seid. Meine Mama sagt, dass die Gegenwelt ein kranker Ort ist. Ein Ort des Vergessens. Deswegen dachte ich, ihr seht alle krank aus.«

Lucy senkte kurz den Blick und verschwieg der Kleinen, dass sie bis vor Kurzem noch *sehr* krank ausgesehen hatte.

»Was meinst du mit Ort des Vergessens?«, fragte sie nun, um von sich abzulenken.

»Vor langer Zeit schon, ist die Welt sehr krank geworden«, erzählte Mika leise und machte ein geheimnisvolles Gesicht. »Mama sagt, es war die Krankheit des Vergessens. Die Menschen haben vergessen, dass sie Götter sind. Sie haben ihre Macht vergessen. Die Krankheit hat sich immer weiter ausgebreitet und als sie uns immer näher kam, haben wir beschlossen, uns von der Welt zu trennen. Wir haben diesen Kristall, weißt du?!« Sie deutete auf Lucys Hand und hob stolz den Kopf. »Eigentlich ist er riesengroß. Du hast nur einen kleinen Splitter davon abbekommen. Mit dem Kristall haben wir einen Schild aufgebaut, der uns vor deiner Welt schützt. Niemand kann uns sehen und niemand kann unsere Welt betreten. Nur du konntest das.«

Jetzt sah Mika plötzlich nervös zur Tür und hüpfte vom Bett hinunter. »Ich muss gehen. Ich hoffe wir sehen uns irgendwann wieder.«

In dem Moment sprang die Tür auf. Mika lief sofort hinaus, murmelte ein »Sorry!«, als sie an dem Mann vorbei lief, der in der Tür stand, und verschwand um die nächste *runde* Ecke. Der Mann trug eine weiß-violette Uniform. Hinter ihm tauchten noch mehr Leute auf. Ein weiterer Mann, der eher schlicht gekleidet war und zwei blau uniformierte Frauen. Alle Vier betraten langsam und übertrieben vorsichtig den Raum. Dann fiel die Tür wie von selbst ins Schloss.

Der normal gekleidete Mann mit den braunen Hosen

und dem zu lang geratenen, beigefarbenen Hemd, das fast wie ein Kleid wirkte, war um einiges älter und trat nun lächelnd auf Lucy zu. Er sah nett aus. Viel netter, als die anderen drei. Sein Lächeln war so weise und liebevoll, dass sich sofort ein warmes Gefühl von Geborgenheit in ihr ausbreitete. Er nickte begrüßend und reichte ihr die Hand.

»Lucy«, sagte er erfreut. »Willkommen in Lumenia!«

Die Uniformierten standen in einer Reihe hinter ihm und beäugten Lucy skeptisch. Sie schienen Angst vor ihr zu haben. Lucy versuchte ihre Gedanken wahrzunehmen, um ihr seltsames Verhalten verstehen zu können. Aber es war still in ihrem Kopf. Unheimlich still. Der ältere Mann drehte sich zu den dreien um und machte eine beschwichtigende Handbewegung.

»Entspannt euch«, sagte er. »Es gibt keinen Grund zur Sorge.«

Sofort ließen sie ihre Schultern sinken und verschränkten ihre Arme hinter dem Rücken. Ihre Gesichter blieben jedoch angespannt. Dann wandte sich der Mann wieder Lucy zu.

»Das alles muss ganz verwirrend für dich sein. Aber Mika hat dir ja schon ein wenig über uns erzählt.«

Lucy nickte verstört.

»Mein Name ist Quidea. Du befindest dich in einem Land, das nicht mehr zu deiner Welt gehört. Wir leben in einer höheren Bewusstseinsebene und können von den Menschen in deiner Heimat nicht wahrgenommen werden. Dass du jetzt hier bist und diesen Ort betreten konntest, liegt an dem Kristall, der sich in deinem Körper befindet.«

Lucy starrte den Mann mit offenem Mund an.

»Ich habe eine andere *Welt* betreten?«, fragte sie bestürzt und sah sich erneut um. Sie war eher davon ausgegangen, dass es sich bei dem Portal um einen Zeitriss oder so etwas gehandelt hatte. So wie in den Actionfilmen im Fernsehen. Obwohl diese Vorstellung mindestens genauso verrückt war. Aber eine andere *Welt*?

»Wir haben einst zu eurer Welt dazugehört«, erklärte er weiter. »Bevor das Vergessen begann. Das ist schon sehr lange her. Seit dem leben wir von euch getrennt und haben uns auf unsere eigene Weise entwickelt, wie du siehst«, sagte er und deutete auf die Einrichtungsgegenstände. »Lumenia wird durch eine Art Schild vor jeglichem Einfluss aus deiner Welt geschützt. Nichts kann diesen Schild durchdringen, bis auf den Gegenstand, der diesen Schutz seit Jahrhunderten aufrecht erhält.«

»Der Kristall?«, fragte Lucy vorsichtig und berührte ihre Hand. Sie fing wieder an zu jucken.

Quidea nickte.

»Nikolas hat ihn versehentlich beschädigt«, jetzt schmunzelte er amüsiert, »so dass seine Splitter in deine Welt übergetreten sind. Wir konnten glücklicherweise alle Teile wiederbeschaffen, aber es gestaltete sich als sehr schwierig den Splitter, der in deinen Körper eingedrungen war, zurückzubringen. Einige Leute haben gedacht, sie könnten eine Macht an sich reißen, die sie leider noch nicht verstehen können.«

»Ich dachte, der Kristall besitzt keine Macht?!«, fragte Lucy verwundert.

»Genau das ist es. Alles, was er besitzt, ist Energie. Und solange die Menschen nicht verstehen, dass sie die Macht, die sie im Außen suchen, in sich selbst tragen, werden sie weiterhin suchen. Und weiter im Dunkeln tappen.«

Lucy senkte nachdenklich den Kopf und streichelte über ihre Hand. Es war schwer für sie zu begreifen, dass es nie der Splitter gewesen war, der ihr die Fähigkeit verliehen hatte Nikolas' Gedanken zu lesen, oder wie ein Düsenjet zu rennen, die Wirklichkeit mit ihren Gedanken zu verändern und ... ihren Körper zu heilen. Das alles hatte sie selbst getan. Der Kristall hatte ihr lediglich Energie geschenkt und dadurch diese Fähigkeiten verstärkt. Was würde geschehen, wenn er nicht mehr in ihrem Körper war? Wenn sie ihn ihr wegnahmen. Würde ihre Energie wieder in den Keller sinken und alles so werden wie vorher? Würde sie wieder krank werden?

»Das liegt an dir, Lucy«, antwortete er auf ihre Gedanken. »*Du* bestimmst über dein Leben. Und kein Kristall dieser oder einer anderen Welt, kann dich mächtiger machen, als du es jetzt schon bist.«

Lucy lächelte zögerlich und nickte. Er hatte Recht. Das war es, was Nikolas die letzten Tage versucht hatte, ihr beizubringen. Und das war es, woran er sich selbst wieder erinnern musste, als er seinen Glauben verloren hatte. Dieser Splitter hatte scheinbar nichts weiter getan, als sie aufzuwecken. Er hatte ihre Fähigkeiten wachgerüttelt und das, was sie wirklich war zum Vorschein gebracht. Er hatte sie nicht wirklich verändert. Sie hatte *sich selbst* verändert. Ihren Körper, ihre Kräfte, die - wie Nikolas sagte - etwas ganz Natürliches waren und ihre Persönlichkeit. Sie war nicht mehr dieselbe wie noch vor wenigen Tagen.

»Lucy«, sagte Quidea nun und räusperte sich leise. »Ich werde dir nun sagen, wie es weitergeht.«

Sie sah zu ihm auf und bereitete sich schon einmal seelisch darauf vor, dass sie den Kristall nun wieder hergeben musste. Schließlich gehörte er ja nicht ihr.

»Wir werden dir den Splitter entfernen und dann wirst du in deine Welt zurückkehren müssen. Wir werden dir nicht, wie ursprünglich vorgesehen, die Erinnerungen an die Ereignisse der letzten Tage und an Lumenia löschen. Wir glauben, dass du weise mit diesen Informationen umgehen wirst und sehen keinerlei Gefahr in dir.«

Lucy sah die drei Uniformierten hinter ihm an und zog die Augenbrauen hoch. Keine Gefahr? Die drei sahen aus, als würden sie am liebsten aus dem Zimmer stürmen, um sich vor ihr zu verstecken.

Quidea lachte herzlich, wobei er sich zu seinen Gardisten umdrehte und sich den Bauch hielt. Diese schmunzelten nun verlegen und senkten die Blicke.

»Sie fühlen sich nur ein wenig von deinen Gedanken bedroht, Lucy. Es ist allgemein bekannt, dass die Menschen in deiner Welt unkontrolliert an die verrücktesten Dinge denken. Und da sich in deinem Körper ein Kristall befindet, der die Verwirklichung deiner Gedanken um ein Vielfaches beschleunigt...«

Er sprach nicht weiter, aber sie wusste, was er meinte. Lucy sah die drei an und versicherte ihnen in Gedanken, dass sie sich unter Kontrolle hatte. Dass Nikolas ihr beigebracht hatte, wie man seine Gedanken und Gefühle kontrollierte. Sofort lockerten sich ihre angespannten Gesichtszüge und formten sich zu einem sanften, dankbaren Lächeln.

»Nun wird es langsam Zeit, Lucy«, sagte Quidea und nahm einen langen, tiefen Atemzug. »Aber bevor wir dir den Splitter entfernen und dich zurückschicken, ist da noch jemand für dich.« Er ging mit seinem Gefolge zur Tür und lächelte ihr noch einmal bedeutsam zu. »Wir drehen ein paar Runden«, sagte er und legte die Hand auf den runden Türknauf, »und lassen euch allein.«

Als er dann die Tür öffnete, stand Nikolas davor und sah sie an, als habe er sie schon die ganze Zeit durch die geschlossene Tür betrachtet. Sein Gesichtsausdruck war wissend, selbstbewusst und keck flirtend – wie eh und je. Sie war froh, dass er wieder der alte war. So, wie sie ihn kennengelernt hatte. Auch seine Uniform war wieder hergestellt.

Quidea trat zur Seite und ließ ihn herein. Dann winkte er hektisch seine Leute in den Flur und schloss die Tür von außen. Aber nicht, ohne den beiden noch einmal zuzuzwinkern.

Nikolas lächelte, als er näher kam. Lucy machte auf ihrem Bett Platz, damit er sich hinsetzen konnte. Als er dann neben ihr Platz nahm und ihr innig in die Augen sah, polterte ihr Herz los, als wollte es aus ihrem Körper fliehen und ihm direkt in die Arme springen.

»Wie geht es dir?«, fragte er sanft.

Lucy atmete nervös und zitternd ein. »Ich glaube immer noch, dass ich träume«, sagte sie und blickte ihm in die hellblauen Augen. Sie betrachtete ihre Farbe so gründlich und konzentriert, dass sie fast anfing zu schielen. Vielleicht, um sich zu versichern, dass all das hier echt war. Dass *er* echt war. Aber vielleicht auch, um sich von ihnen nur noch weiter in diese wunderschöne Traumwelt ziehen zu lassen, in der sie ein anderer Mensch war und vor einem traumhaften, göttlichen Wesen saß, das sie fast um den Verstand brachte. Er verzog den Mund zu einem weichen Schmunzeln und beugte sich nun ganz langsam zu ihr vor.

Dann liebkoste er ihre Lippen mit einem kurzen, zarten Kuss, der kaum mehr war, als der Hauch einer Berührung. Doch dieser Hauch reichte aus, um Lucys Herz fast zum Stillstand zu bringen. Als er den Kopf wieder einige Zentimeter von ihr entfernte, grinste er ein freches Koboldgrinsen.

»Fühlt sich das wie ein Traum an?«, flüsterte er.

Lucy nickte tranceartig und er senkte lachend den Kopf.

»Dann sollte ich dir vielleicht etwas von dieser Traumwelt zeigen, um dir zu beweisen, dass sie echt ist.«

Lucy machte ein überraschtes Gesicht. »Dürfen wir denn hier weg?«

»Nein«, sagte er und zog die Bettdecke von ihren Beinen. »Aber eine Dummheit mehr oder weniger macht bei mir keinen Unterschied mehr.«

Dann nahm er ihre Hand und ging mit ihr zum Fenster. Er öffnete es nicht mit seinen Gedanken, sondern ganz normal mit seiner Hand, zog es weit auf und stellte sich mit ihr vor die fast menschengroße, eckenlose Öffnung in der Wand. Lucy entfuhr ein tiefes, ergriffenes Seufzen, als sie hinaus sah. Vor ihr erstreckte sich das Panorama einer Stadt, die einem Märchenbuch entsprungen sein musste. Die bunten, pastellfarbenen Häuser waren ganz und gar kantenlos und standen wie ein wohl geordnetes Meer aus Wolkengebilden in der Landschaft. Die Dächer zeigten wie runde Pyramiden in den roten Himmel und an den Fassaden hingen kleine, niedliche Laternen und leuchteten bereits auf die mit hellgelben Steinen gepflasterten Straßen. In dem Licht sahen sie fast aus wie ein Fluss aus Honig, der sich zwischen den Gebäuden durch die Stadt schlängelte.

Nikolas umfasste ihre Hüfte und sprang abermals mit ihr

aus dem Fenster, als existiere für ihn weder in dieser, noch in irgendeiner anderen Welt so etwas wie Schwerkraft. Sie landeten leichtfüßig auf der Wiese vor dem hellen, freundlichen Gebäude und liefen dann zusammen in Richtung Honigstraße.

Es war ruhig in dem Ort, obwohl sie viele Leute sah, die an den Schaufenstern entlang bummelten und sich unterhielten. Vielleicht lag es daran, dass es hier keine Autos gab. Zumindest sah sie keine. Oder es lag einfach an dem Frieden, der von diesem Ort ausging. Und an dieser unerschütterlichen Ruhe und Gelassenheit. Alles wirkte so idyllisch und gemütlich. Sie spürte nicht einmal einen Hauch von Hektik oder Eile von den Leuten ausgehen. Sie warfen ihr nur manchmal einen ruhigen, wissenden Blick zu und widmeten sich dann wieder ihrem Stadtbummel.

Es war wirklich fast wie ein Spaziergang durch einen Traum. Fast, weil sich Nikolas' Hand, die sie nicht eine Sekunde losließ, viel zu echt anfühlte und weil sie immer wieder einen lauen Windhauch spürte, der ihr durch das Haar wehte und einen intensiven, blumigen Duft an sie herantrug. Sie spürte diese Welt. Sie spürte sie mit all ihren Sinnen und doch wollte sie nicht glauben, dass sie hier war. Dass es diese Welt wirklich gab. Vielleicht hatte sie Angst. Sie würde dieses Abenteuer, diesen Traum bald wieder verlassen müssen, um dann in einer Welt aufzuwachen, die alles andere als traumhaft war. In einem Leben, das grau, trist und schmerzhaft war. So anders, als das Leben, das sie hier pulsieren spürte. Auf seine ganz eigene, sanfte Art. Vielleicht wollte sie nicht aufwachen. Weil sie dann erkennen musste, dass alles nur ein Traum gewesen war.

Die Sonne schickte ihr rotes Licht über einen runden

Marktplatz in dessen Mitte sich ein pompöser Springbrunnen befand und gemütlich vor sich hin plätscherte. Und sie schickte ihr warmes Licht auch in Nikolas' lächelndes Gesicht, als er stehen blieb und sie ansah.

»Ich sollte mich entschuldigen«, sagte er mit gesenktem Kopf. »Und es sollte mir leid tun, dass ich dich in die ganze Sache mit hineingezogen habe. Aber ehrlich gesagt«, er seufzte leise und sah ihr eindringlich in die Augen, »bereue ich nichts. Ehrlich gesagt, bin ich froh, dass dich der Kristall getroffen hat, Lucy. Und ich bin froh, dass Quidea mich ausgewählt hat, ihn zurückzuholen. Ich bin sogar froh, dass ich ihn dir nicht gleich entfernen konnte und uns diese Typen durch das Land gejagt haben. Hätte es all diese Schwierigkeiten nicht gegeben, ... hätte ich dich niemals kennengelernt.«

Während er sprach, wurde Lucy bewusst, wie all diese Ereignisse zusammenhingen, und dass alles, was geschehen war, sie an genau den Punkt gebracht hatte, an dem sie sich jetzt befand. Sogar ihr vorheriges Leben erschien ihr jetzt sinnvoll. Wäre sie nicht krank gewesen, hätte sie an diesem Tag nicht auf der Tribüne gesessen, sondern selbst an dem Turnier teilgenommen. Und wäre der Mann mit dem riesigen Hut nicht gewesen, um ihr die Sicht zu versperren, wäre sie nicht aufgestanden und der Kristall hätte sie vermutlich nicht getroffen. Alles, was geschehen war, bekam auf einmal einen logischen Zusammenhang. Alles hatte dazu beigetragen, dass sie jetzt hier war.

»Dann hatte alles seinen Sinn, nicht wahr? Sogar die schlechten Dinge.«

Nikolas nickte. »So ist es immer. Deshalb sind Dinge niemals schlecht oder gut.«

»Sie *sind* einfach«, wiederholte Lucy das, was er ihr beigebracht hatte und lächelte stolz. Ja, sie hatte viel von ihm gelernt. Und sie hoffte, dass sie sich mit diesem Wissen, auch ohne den Kristall, ein glückliches Leben erschaffen konnte. Auch, wenn es ein Leben ohne Nikolas sein würde. Am Ende des Tages würde sie sich von ihm verabschieden müssen und wahrscheinlich würde sie ihn nie wiedersehen. Ohne den Kristall war sie nicht in der Lage, diese Welt zu betreten. Und Nikolas hatte womöglich endgültig genug von der kranken Welt, in die er geschickt worden war, um seinen Auftrag zu erfüllen. Er würde sie sicher nie wieder betreten wollen. Nach allem, was er dort erlebt hatte.

»Nichts ist unmöglich«, sagte er auf einmal und blickte verträumt in den Sonnenuntergang. Der Wind spielte mit seinen großen Locken, als würde er mit seinen blumig duftenden Fingern daran ziehen. »Deine Möglichkeiten sind so grenzenlos wie deine Gedanken. Denke immer daran. Die Grenzen, die du erfährst, sind nur die Grenzen in deinem Kopf.« Dann sah er sie wieder an. »Du wirst dir ein tolles Leben erschaffen. Das weiß ich.«

Lucy nickte. Ja, das würde sie. Das war sie sich nach all dem Leid in ihrem Leben selbst schuldig. Aber sie hoffte insgeheim, dass er sich vielleicht selbst in die Möglichkeiten in ihrem Kopf mit einbezog. Dass er sie deshalb dazu ermunterte an die Grenzenlosigkeit zu glauben, weil eventuell doch die Möglichkeit bestand, dass er an diesem, ihrem neu erschaffenen Leben teilnahm. Wenn auch nur ab und zu. Um sie zu besuchen vielleicht. Sie wagte es nicht wirklich daran zu glauben, aber sie wollte es wenigstens hoffen. Sie konnte sich nicht vorstellen, ihn nie wiederzusehen.

Sie gingen jetzt weiter durch eine schmale Gasse und kamen an einem kleinen Platz heraus, in dessen Mitte dieses Mal kein Brunnen, sondern eine Steinskulptur stand. Als sie darauf zugingen, erkannte Lucy, dass es sich bei der Skulptur um Kinder handelte. Kinder, die lachten und tanzten, sich an den Händen hielten und spielten. Die Gesichter sahen so fröhlich aus, dass Lucy bei dem Anblick selbst lachen musste. Auf dem Sockel war das Wort »Euphoria« eingemeißelt. Und ein besseres Wort gab es auch nicht, um die Fröhlichkeit dieser Skulptur zu beschreiben.

»Es ist ein Spiel«, sagte Nikolas. »Ich wollte es dir noch unbedingt zeigen, bevor du gehst.«

Lucy wandte sich zu ihm um und lachte kurz.

»Du willst mir noch ein Spiel zeigen?«

»Ja.« Er grinste bedeutsam. »Das Spiel der Götter.«

Sie runzelte die Stirn, machte aber ein neugieriges Gesicht. Wollte er ihr jetzt einen lumenischen Tanz vorstellen?

»Mit *Götter* sind die Menschen gemeint«, sagte er mit einem tiefsinnigen Blick. »Schließlich erschaffen wir die Wirklichkeit.«

Lucy nickte geduldig. Als er dann aber nicht weiter erzählte, sondern auf irgendetwas zu warten schien, sagte sie: »Okay, verstehe. Menschen sind Götter, weil sie die Wirklichkeit erschaffen.«

Dann erst grinste er zufrieden und fuhr fort: »Das Spiel heißt Euphoria, weil es die einfachste und spaßigste

Methode ist, sich glückliche Situationen zu erschaffen. Wir spielen es ständig«, erklärte er und ging ein paar Schritte um die Skulptur herum. Lucy folgte ihm. »Wenn du dieses Spiel beherrschst, brauchst du dir um deine Realität im Grunde keine Sorgen mehr zu machen. Weil sie immer positiv sein wird.«

Das klang fast zu schön, um wahr zu sein. Lucy hätte ihn am liebsten geschüttelt, damit er endlich mit der Spielanleitung herausrückte.

»Es ist ganz einfach. Alles, was du tun musst, ist es, dir Glücksgefühle zu machen. Und zwar völlig grundlos.« Lucy stockte perplex und sah ihn an.

»Grundlose Glücksgefühle? Wie soll das denn gehen?«

Jetzt kam er zu ihr und nahm ihre Hände.

»Du weißt doch, wie sich Glücksgefühle anfühlen?!«

Lucy brauchte nicht lange zu suchen. Gerade jetzt in diesem Moment fühlte sie sich wahnsinnig glücklich. Wie berauscht.

»In Ordnung. Jetzt musst du dich nur noch in dieses Gefühl hineinsteigern und es stärker werden lassen. So stark, dass es wie verrückt in dir kribbelt.«

Lucy tat, was er sagte. Sie konzentrierte sich auf das glückliche Verliebtheitsgefühl in ihrem Bauch und steigerte sich so gut es ging hinein. Nach ein paar Sekunden wurde es dann stärker. Und noch ein paar Momente später, fing es an, wild in ihr zu kribbeln und stieg ihr hinauf in den Brustkorb. Nikolas wartete noch einen Moment. Und als Lucy das Gefühl bis in den Hals stieg, so dass sie am liebsten gegluckst hätte vor Glück, hob er den Daumen.

»Perfekt!«, sagte er lachend. »Genau das ist es.«

Sie strahlte plötzlich wie die aufgehende Sonne. So breit,

dass es hätte wehtun müssen. Und sie konnte auch nicht damit aufhören. Das Grinsen blieb in ihrem Gesicht, als wäre es festgenagelt.

»So einfach geht das?«, lachte sie.

Er nickte.

»Das kannst du jederzeit machen. Du erinnerst dich doch noch an den Projektor und seinen Motor?«

»Mhm«, machte sie und legte ihre Hände auf ihre hochgezogenen Wangen. »Der Projektor projiziert mein inneres Bild in die Wirklichkeit. Aber ohne Motor, ohne das Gefühl funktioniert es nicht.«

»Richtig. Und wenn du den Motor immer mit diesen Gefühlen anheizt, wird er stets positive Bilder in die Wirklichkeit projizieren. Dazu brauchst du nicht einmal bewusst ein Bild in den Projektor zu setzen.«

»Das heißt ich brauche keinen positiven Gedanken dazu?«, fragte sie überrascht und ließ die Hände sinken.

»Nein. Sobald du ein Gefühl hast, zieht dieses Gefühl Situationen in dein Leben, die dich erneut dieses Gefühl spüren lassen. Ohne, dass du je ein Bild dazu in deinem Kopf hattest. Das Leben weiß genau, was dich in diesen Glückszustand versetzen kann.«

Lucy warf der Steinskulptur einen erstaunten Blick zu. Das sollte reichen? Glücksgefühle? Wenn das wirklich stimmte, brauchte sie sich ja um all die anderen Dinge, die sie gelernt hatte, keine Sorgen zu machen, dachte sie. Wenn das stimmte, brauchte sie nichts weiter als Glücksgefühle in sich entstehen zu lassen und das Leben würde sich für sie in eine Aneinanderkettung von Glücksmomenten verwandeln. Sollte es wirklich so einfach sein?

»Gefühle sind sehr mächtig, Lucy. Sie zu beherrschen ist

eine wichtige Aufgabe, denn sie haben eine durchschlagende Kraft. Sie können krank oder gesund machen, Frieden stiften oder Krieg, Traurigkeit in dein Leben ziehen oder Freude. Es liegt nicht an den Bildern, die du im Kopf hast. Sie sind neutrale Gebilde, die nur die Richtung vorgeben. Das, was die Wirklichkeit am schnellsten erschafft, sind Gefühle. Sie erschaffen deine Welt.« Er sah ihr einen Moment lang stumm in die Augen und suchte nach ihren Gedanken. Aber sie dachte an nichts, als an seine Worte. Sie wollte sie sich einprägen. Für immer.

»Viele Menschen finden ihr Leben lang keinen Frieden mit ihren Gefühlen«, sprach er weiter und machte ein ernstes Gesicht. »Weil sie nicht wissen, wie sie mit ihnen umzugehen haben. Wie sie sie kontrollieren können. Sie nehmen Überhand und zerstören unaufhaltsam ihr Leben. Und sie können nichts dagegen tun, weil sie nicht das notwendige Wissen haben. Sie kennen die Spielregeln nicht, Lucy. Aber du schon.«

Sie nickte gedankenverloren. »Du meinst den inneren Kampf«, sagte sie mehr zu sich selbst, als zu ihm. Sie dachte an die vielen Situationen, in denen sie diesen sinnlosen inneren Kampf mit sich ausgetragen hatte. Und wie die Gefühle, die sie nicht haben wollte, dadurch immer stärker geworden waren. Dann sah sie auf. »Also hast du mir die Spielregeln von Euphoria schon am Anfang erklärt«, bemerkte sie verdutzt.

Er senkte den Kopf zu einem langsamen Nicken. »Du musstest all diese Dinge über die Gefühle und das Gesetz der Anziehung erst lernen, bevor ich dir das Spiel verraten konnte. Wenn ich es dir als allererstes verraten hätte, hättest du nicht damit umgehen können.«

Sie dachte einen Moment darüber nach.

»Aber vielleicht hätte ich die negativen Gefühle mit den Glücksgefühlen löschen können«, erwiderte sie.

Er schüttelte mit dem Kopf, wobei sein Haar verspielt hin und her wippte. »Das wäre ein Kampf gewesen, Lucy. Du kannst Gefühle oder Gedanken nicht loswerden, indem du sie verdrängst oder mit etwas Anderem überdeckst. Das hast du selbst gesehen. Du kannst sie nur akzeptieren und als ein Teil von dir annehmen. Sie weg haben zu wollen, ist ein Kampf, den du immer verlierst. Deshalb ist die Spielregel, die ich dir jetzt beibringe so wichtig. Du darfst mit Euphoria keine Absicht verfolgen.«

Langsam wurde es dunkler und der frische Abendwind roch jetzt nicht mehr nach Blumen, sondern nach Moos und Regen. Lucy sah in den Himmel. Es zogen dicke Wolken auf. Sie seufzten beide schwer, als sie sich langsam auf den Rückweg machten. Aber sie unterhielten sich weiter. Es blieb ihnen nicht mehr viel Zeit.

»Ich soll also keine Absicht mit meinen Glücksgefühlen verfolgen«, sagte sie und sah ihn fragend an. »Wieso? Was ist an einer Absicht so schlimm?«

Er nahm wieder ihre Hand. »Hinter einer Absicht steckt immer ein Mangel oder ein Kampf. Wenn du die Absicht verfolgst, mit den Glücksgefühlen deine negativen Gefühle zu verjagen, konzentrierst du dich auf den Kampf gegen die unangenehmen Gefühle, anstatt die positiven zu verstärken.«

Stimmt, dachte sie. Das konnte sie verstehen.

»Verfolgst du die Absicht mit den Glücksgefühlen etwas Bestimmtes zu erreichen, zum Beispiel Reichtum, konzentrierst du dich in Wirklichkeit auf die Armut. Weil du sie ja mit den Glücksgefühlen bekämpfen willst. Verstehst du? Eine Absicht verbirgt immer einen Mangel an etwas. Sonst hättest du die Absicht nicht.«

Das klang logisch. Wenn sie die Armut in ihrem Leben akzeptierte, hatte sie auch keinen Grund, gegen sie zu kämpfen. Und daher würde sie auch nicht die Absicht verfolgen, etwas an der Armut zu ändern.

»Also, wenn ich eine Absicht verfolge, konzentriere ich mich in Wirklichkeit auf das, was die Absicht erst hervorgebracht hat«, fasste sie zusammen.

Er nickte stolz und lächelte.

»Ganz genau. Erst, wenn du einen Mangel spürst und dich gegen ihn wehrst, entsteht in dir die Absicht, diesen Mangel zu beseitigen.«

»Logisch. Wenn ich den Mangel akzeptiere, brauche ich ja nicht gegen ihn zu kämpfen.«

»Und jetzt kommen wir zu dem Spiel«, sagte er fröhlich. »Wenn du alles akzeptiert hast, konzentrierst du dich völlig absichtslos auf deine Glücksgefühle. Ohne, damit ein Ziel zu verfolgen. Einfach so, aus Spaß. Deswegen ist es ein Spiel. Ein Spiel soll ja Spaß machen. Und nicht in lästige Arbeit ausarten.«

Lucy nickte. »Also soll ich einfach spielen. Es einfach aus Spaß tun. Weil es sich gut anfühlt.«

»Das ist Euphoria.«

»Und was wird dann passieren?«

»Durch die Absichtslosigkeit lösen sich alle Blockaden und Hindernisse in dir auf. Alles wird möglich, weil dein Kopf nicht mehr bewertet. Der Verstand hat nichts gegen Spiele und lässt deshalb auch keine Widerstände gegen Ideen, die du mit deinen Gefühlen verbindest entstehen.

Du kannst dir die unglaublichsten Dinge vorstellen, sie mit deinen Glücksgefühlen aufladen und so in dein Leben ziehen. Ohne, dass dein Glaube oder deine alten Überzeugungen irgendwelche Einwände erheben.«

Lucy drehte sich energisch zu ihm um sah ihn aufgeregt an.

»Das bedeutet, ich kann meine Überzeugungen überlisten?«, fragte sie begierig.

Er lachte. »Ja. Es ist ein Trick, Überzeugungen zu überlisten. Und gleichzeitig kannst du sie damit neu programmieren.«

Sie hätte jetzt am liebsten erfreut in die Hände geklatscht. Aber sie wollte ihn nicht loslassen.

»Die alten Programme ändern sich, wenn ich glücklich bin?«

»Wenn du dich auf eine gegenteilige Überzeugung konzentrierst und intensive Gefühle damit verbindest, ja. Aber nur, wenn du keine Absicht damit verfolgst.«

Er grinste neckisch und sie lachte.

»Das kriege ich hin!«

Das war die beste Nachricht, seit sie erfahren hatte, dass sie die volle Kontrolle über ihr Leben besaß. Sie konnte also die Überzeugungen, die sie von ihrer seit Generationen in Armut lebenden Familie übernommen hatte, einfach löschen. Und neu programmieren. Die Überzeugung wertlos zu sein und es nicht zu verdienen, in Reichtum und Luxus zu leben. Und der Glaube ihres Vaters, dass man es nur verdiente, Geld zu haben, wenn man hart arbeitete und sich dafür die Knochen kaputtmachte. Genauso wie die Überzeugung, dass das Leben schwer war und krank machte. Dass sie auf die ganze Welt allergisch reagierte, weil sie gemein, schmutzig und bösartig war. Das war der Glaube, der sie krank gemacht hatte. Der Glaube, der sie ihr Leben lang hatte leiden lassen. Das wusste sie jetzt. Und jetzt konnte sie es auch ändern. Mit einem Spiel. Sie schüttelte fassungslos mit dem Kopf und lachte herzhaft. Plötzlich sah die Welt vollkommen anders aus, als noch vor wenigen Tagen. Sie war ein völlig neuer Mensch mit neuen Ansichten, neuen Gedanken und Gefühlen und einem ganz neuen Selbstbewusstsein. Das Gefühl, über ihr Leben bestimmen zu können wie eine Drehbuchautorin, löste eine Stärke in ihr aus, die sie nie für möglich gehalten hätte. Jetzt wusste sie, wie es sich anfühlte, mächtig zu sein. Wie es sich anfühlte, wie Nikolas zu sein. Selbstbewusst und selbstsicher. Mit einem unerschütterlichen Vertrauen in sich selbst. Ja, sie vertraute sich. Sie vertraute sich zutiefst, dass sie alles erreichen konnte, was sie wollte. Dass sie grenzenlos sein konnte. Grenzenlos glücklich.

Das Glücksgefühl steigerte sich weiter in ihr und erneut entstand das tiefe Surren in ihrem Bauch und stieg ihr warm wie Strom in den Kopf. Lucy seufzte benommen.

»Ich glaube … der Kristall hat Nebenwirkungen«, sagte sie lachend und legte ihre Hand auf die Stirn. Lag es an ihren Glücksgefühlen, dass sie sich über die Benommenheit keine Sorgen machte? Sie fühlte sich wieder wie in Watte eingehüllt. So ruhig und gelassen und leicht wie eine Feder. Er lachte ebenfalls.

»Ein dauerhaftes Ansteigen der Energie in einem Körper, so wie bei dir, löst eine Erweiterung des Bewusstseins aus. Man wird innerlich ruhig und gelassen und sieht die Welt mit anderen Augen.«

Lucy sah ihn erschrocken an. »Halluzinationen?«

»Nein«, prustete er los und lachte ausgiebig. »Du siehst die Wirklichkeit. Ohne Illusionen und ohne Bewertungen.«

»Das ist doch gut, oder?«

Er nickte, immer noch lachend.

»Ja, aber bevor du anfängst Geister zu sehen, holen wir dir das Ding lieber raus.«

Lucy fragte lieber nicht, was er damit meinte. Und irgendwie war es ihr auch egal. Sie war viel zu glücklich, um sich über irgendetwas Gedanken zu machen. Viel zu berauscht und beflügelt. Sie wäre wahrscheinlich in diesem Moment abgehoben, wenn Nikolas sie nicht festgehalten hätte. Oder einfach zersprungen. In tausend funkelnde Glücksteile.

Den Rest des Weges redeten sie darüber, wie sie sich ein glückliches Leben vorstellten und Lucy überlegte sich schon einmal, was sie sich erschaffen wollte, wenn sie wieder zu Hause war. Als sie wieder in ihr Zimmer flogen, stand Quidea schon da. Und Alea, Paco und Hilar. Sie wollten sich alle von ihr verabschieden und gaben ihr noch Tipps und liebevolle Worte mit auf den Weg. Bevor Alea ihr jedoch den Kristall entfernte, nahm Nikolas sie noch einmal ganz fest in den Arm und ließ sie lange nicht los. Sie spürte seinen Herzschlag auf ihrer Brust und bemerkte zur gleichen Zeit, wie ihr eigenes Herz mit seinem Rhythmus im Einklang schlug. Schnell, aufgeregt, traurig und glücklich zugleich und leidenschaftlich entflammt.

»Sehen wir uns wieder?«, flüsterte sie endlich die Frage, die ihr seit Tagen im Kopf umher ging, in sein Ohr.

Er antwortete zunächst nicht. Aber ein Gedanke, der seine Stimme trug, drang in ihren Kopf und ließ ihr Herz hoffen. *Die Geschichte ist noch lange nicht zu Ende.* Er löste sich aus der Umarmung, nahm ihren Kopf sanft in seine Hände und gab ihr einen letzten, samtweichen Kuss. Dann hauchte er ihr die Antwort auf die Lippen:

»Ja. Bald.«

14

Die Wandlung

Der Medizinschrank war leer. Sie hielt die letzte Packung Tabletten in der Hand und kratzte sich geistesabwesend den juckenden Ausschlag an ihrem Arm. War alles nur ein Traum gewesen? Hatte sie sich vielleicht wirklich nur tagelang in ihrer Wohnung verbarrikadiert, das Telefon und die Klingel ausgeschaltet und nachgedacht, so wie sie es ihrer besten Freundin und ihrer Familie erzählt hatte? Als sie in ihrer Wohnung aufgewacht war, hatte das Telefon jedoch Sturm geklingelt. Und die Blutflecken auf ihrem Teppich waren auch noch da gewesen. Genauso, wie das Mal an ihrer Hand. Sie betrachtete die kleine rote Welle nachdenklich und streichelte sanft mit dem Zeigefinger darüber.

Nein, es war wirklich passiert. Und selbst, wenn sie noch hundert Mal darüber sinnierte, ob sie sich alles nur eingebildet hatte, die Blutflecken vielleicht nur Soßenflecken waren, von einem Mittagessen, an das sie sich nicht mehr erinnern konnte und das Mal nur ein kleiner Bluterguss, der wieder wegging, blieben dennoch die Erinnerungen in ihrem Kopf. Die unglaubliche Geschichte, die sie erlebt hatte. Und die Menschen, die ihr begegnet waren und ihre Weltanschauung völlig auf den Kopf gestellt hatten. Sie sah sie noch genau vor sich. Ihre

Gesichter, ihr Lächeln, ihre unendliche Ruhe und Gelassenheit und das Selbstbewusstsein, das sie alle ausstrahlten. Besonders Nikolas. Nikolas Key. Er konnte unmöglich Einbildung gewesen sein.

Sie ließ die letzte Schachtel mit Tabletten ebenfalls in den Papierkorb fallen und zog dann die Tüte zu. Dann schmiss sie sie über ihre Schulter, nahm sich den Schlüssel von der Kommode und verließ die Wohnung. Bevor sie die Tüte jedoch unten in den Müllcontainer warf, betrachtete sie sie noch einmal und zögerte.

Danach gibt es kein Zurück, dachte sie. *Nie wieder.*

Sie erinnerte sich an die wenigen beschwerdefreien, zwar aufregenden, aber glücklichen Tage in ihrem Leben, schob dann entschlossen den Containerdeckel zurück und schmiss die Tüte hinein. Dann stieß sie ein befreites Seufzen aus, drehte sich um und machte sich auf den Weg zum Stadtteich.

Es war immer noch warm. Viel zu warm. Und ihr Kreislauf machte ihr wieder Probleme. Aber es waren noch nicht alle Beschwerden zurückgekommen. Einige ließen sich Zeit. Sie spazierte gedankenverloren die Straße hinunter und beobachtete die Menschen um sie herum. Viele sahen unglücklich aus. Krank und schwach. An der Kreuzung hupten sich zwei Autofahrer wütend an, streckten ihre Köpfe aus den Fenstern und riefen sich Beleidigungen zu und an der Ampel schimpfte ein Vater mit seinem Kind. Lucy beobachtete die Welt um sich herum vollkommen neutral. In ihr regte sich weder Wut über den schimpfenden Vater, noch Fassungslosigkeit über die brüllenden Autofahrer oder Traurigkeit über die unglücklichen Gesichter, die sie sah. Seit sie wieder zu

Hause war, regte sie sich gar nicht mehr auf. Nicht einmal die schrecklichen Nachrichten im Fernsehen oder die Mahnungen, die ihr unaufhörlich ins Haus flatterten, beunruhigten sie mehr. Lag es daran, dass Nikolas ihr den Kampf gegen die Realität ausgeredet hatte?

Lucy überquerte die Straße und sah dem Mann mit dem Kind nach. Was würde es jetzt bringen, sich innerlich gegen sein Verhalten aufzulehnen?, überlegte sie. Es kam ihr so absurd vor, denn es würde nichts an der Situation ändern. Es würde ihr höchstens schaden. Ihren Körper verkrampfen und womöglich noch kränker machen. Und das laute Hupen der Blechlawine hinter ihr und der Gestank? Was würde es ändern, wenn sie es ablehnte? Sie lachte innerlich und ging dann weiter. Nikolas hatte mit allem Recht gehabt. Sich gegen die Realität aufzulehnen, brachte nichts weiter als Leid hervor. Früher hatte sie geglaubt, wenn sie etwas akzeptierte, das sie aus moralischen oder persönlichen Gründen ablehnte, würde sie es gutheißen. Aber jetzt war ihr klar, dass Akzeptanz und Gefallen nicht unbedingt Hand in Hand gingen. Etwas zu akzeptieren bedeutete nichts weiter, als den inneren Kampf gegen die Realität aufzugeben. Denn dieser Kampf war zwecklos. Es war auch zwecklos gegen ihre Vergangenheit anzukämpfen. Gegen ihre Kindheit oder das Verhalten anderer Menschen. Oder dagegen, wie sie erzogen worden war und welche Überzeugungen sie von ihren Eltern übernommen hatte. Sie konnte kaum glauben, dass sie früher gegen diese Wirklichkeit gekämpft hatte. Dass sie wirklich davon überzeugt gewesen war, sie mit diesen Kämpfen ändern zu können.

Als sie in den schmalen Weg einbog, der zum Teich

führte, konnte sie schon das Schilf sehen. Sie hoffte immer noch, dass er plötzlich einfach aus dem Nichts auftauchen würde, über dem Wasser erschien und wieder bei ihr war. Und sie noch einmal daran erinnerte, was sie von ihm gelernt hatte. Aber ihr war klar, dass er nicht dafür verantwortlich war, ihr Leben in Ordnung zu bringen. Niemand war das. Das musste sie schon ganz allein schaffen.

Sie setzte sich auf eine Bank, direkt an den Teich und blickte ins Wasser. Sie war gekommen, um sich zu verabschieden. Von ihm, von ihren inneren Kämpfen und von ihrem alten Leben. Sie rief sich in Erinnerung zurück, was er ihr beigebracht hatte. Dass sie die Dinge akzeptieren musste, um sich von ihnen zu lösen. Und das tat sie. Sie akzeptierte den wiederkehrenden Ausschlag, ihren schwächelnden Kreislauf, ihre Allergien und alle anderen Beschwerden, die noch nicht da waren, aber vielleicht vorhatten, zurückzukommen. Sie akzeptierte auch ihre Armut und ihre Traurigkeit darüber, dass sie sich Dinge, die für andere Menschen normal waren, nicht leisten konnte. Sie gab den Kampf dagegen auf. Und sie gab es auch auf, anderen Menschen, oder dem Leben, oder dem Universum die Schuld für ihr Unglück zu geben. Sie akzeptierte, dass sie die einzige Macht in ihrem Leben war. Die Einzige, die über Glück und Unglück bestimmte. Sie entschied auf welche Weise sie dem Leben und der Welt um sich herum begegnen wollte. Sie entschied, wie sie auf Menschen und Ereignisse reagierte. Ob mit positiven Gefühlen und Gedanken oder mit negativen. Die Bewertung der Dinge lag ganz allein an ihr. Und diese Bewertung war es, die sie glücklich oder unglücklich machen konnte. Und sie wollte glücklich sein. Nach all den Jahren voller Leid und Kummer wollte sie endlich glücklich sein. Und jetzt *konnte* sie das auch. Sie war nicht länger machtlos. Nicht länger das Opfer von Umständen, gegen die sie nichts tun konnte. Das war sie nie. Sie war eine Göttin. Weil sie – wie jeder Mensch auf dieser Welt – die Macht besaß, die Realität zu verändern. Sie war mächtig. Sie war groß und ihre Möglichkeiten waren grenzenlos.

Wann hatte sie sich in diesen Menschen verwandelt? Wann hatte sich diese innere Ruhe und die Größe auf ihr ganzes Leben gelegt und sie verändert? War es in dem Moment, als der Splitter sie aus ihrer Realität gerissen hatte, oder erst, als sie in dem Hotelzimmer eingesperrt gewesen war und mit einem Mal alles verstanden hatte. Das Leben, den Sinn dahinter und ... wer sie war. Vielleicht fand diese Verwandlung aber auch erst jetzt statt. Jetzt, wo sich der Kristall nicht mehr in ihrem Körper befand und sie allein für sich, für ihren Körper und ihre Energie verantwortlich war. Es war nichts mehr da, das ihr die Energie geben konnte, ihr Leben zu verändern. Nur noch sie. Sie allein.

Sie trug als Einzige die Verantwortung für ihr Leben. Nichts und niemand sonst.

Seufzend erhob sie sich von der Bank und blickte noch einmal über den Teich. Auf den winzigen Wellen brach sich das Sonnenlicht und funkelte ihr verspielt entgegen. Sie lächelte in sich hinein, drehte ihrem alten Leben und allem, was sie akzeptiert, angenommen und losgelassen hatte, ein für allemal den Rücken zu und fing endlich an zu spielen. Nach einer Woche Grübelei wollte sie endlich das tun, was Nikolas ihr beigebracht hatte.

Sie erinnerte sich an ihr Glücksgefühl, steigerte sich

hinein und ließ es so stark werden, dass es erneut in ihr kribbelte und tobte und sie fast abheben ließ. Sie lachte vor Glück. Absichtslos. Und grundlos. Einfach so. Und als sie sich auf den Heimweg machte, ließ sie Bilder in sich entstehen. Bilder, die sie mochte. Situationen, bei denen ihr Herz frohlockte und tanzte. Und mit einem Mal sah die Welt wieder ganz anders aus. Ihr begegneten keine traurigen Gesichter mehr und auch keine wütenden Autofahrer. Das Hupen der Blechlawine war verstummt und der Gestank der Abgase auf wundersame Weise verschwunden. Ob das möglich war? Sie wusste es nicht. Ihr Verstand wusste es nicht. Aber das war auch vollkommen egal. Es war nur ein Spiel. Ein Spiel der Glücksgefühle. Es veränderte schon jetzt ihre Welt. Und sie hatte keinen Zweifel daran, dass sich ihr Leben von nun an in ein Märchen verwandeln würde. Und sie zweifelte deswegen nicht, weil es gar nicht ihr Ziel war. Sie verfolgte keine Absicht. Sie spielte. Das Spiel der Götter.

Und sie würde nie wieder damit aufhören.

15

Zu Hause

Es war Winter. Zwei Wochen vor Weihnachten. Sie hatte sich gewünscht dieses Jahr das Weihnachtsfest in einem Haus zu verbringen. In ihrem eigenen Haus. Und nicht in einer kleinen Wohnung, die man kaum noch durchqueren konnte, wenn der Weihnachtsbaum erst einmal stand.

»Warum holst du dir dieses Mal nicht einen kleineren Baum?«, fragte Miriam und füllte ein paar neue Kekse in die Schale.

Lucy wandte sich von dem Fenster ab, vor dem schon wieder dicke, flauschige Schneeflocken hinab schwebten und sah ihre Freundin milde an.

»Kommt nicht in die Tüte!«, sagte sie trotzig und setzte sich auf die Couch. Auf den Platz, auf dem Nikolas vor einer gefühlten Ewigkeit gesessen hatte. Sie versank für einen Moment in Erinnerungen, als sie ihn in Gedanken vor sich sah und spürte erneut das aufregende Kribbeln in ihrem Bauch. Dann seufzte sie verliebt und nahm sich einen Keks. Seit ein paar Monaten konnte sie sie wieder essen. Und das hatte sie dieses Mal keinem Stein zu verdanken, sondern nur sich selbst.

»Das wäre kein Weihnachten für mich«, fügte sie genüsslich schmatzend hinzu und lehnte sich zurück.

Miriam goss sich eine Tasse Tee ein und seufzte.

»Ich weiß.«

Lucy sparte immer das ganze Jahr, um sich für das schönste Fest am Jahresende einen großen Baum kaufen zu können. Wenigstens an Weihnachten wollte sie das Gefühl haben, sich etwas leisten zu können. Das war ihr wichtig. Besonders in diesem Jahr, in dem sich alles geändert hatte. Diese Tradition jetzt zu brechen, würde ihr wie die pure Ironie vorkommen. Schließlich war sie nicht mehr arm. Sie war zwar auch nicht maßlos reich, aber immerhin reichte es, um sich ihren Traum zu verwirklichen. Zumindest einen ihrer Träume. Letzten Endes hatte sich der Lottoschein, den sie mit Miri ausgefüllt hatte, als wahrer Glückstreffer herausgestellt. Sie dachte immer noch darüber nach, ob sie diesen Gewinn erschaffen hatte, als sie damals mit Nikolas im Zug gesessen hatte oder erst später, als sie wieder zu Hause war und jeden Tag Euphoria spielte, bis sie vor Glücksgefühlen ganz benebelt war. Aber eigentlich war das gar nicht wichtig. Die Hauptsache war, dass sie endlich genug Geld hatte, sich ihren Traumberuf leisten zu können. Oder erst einmal die Ausbildung dafür. Ursprünglich war Heilpraktikerin ihr Traum gewesen, weil sie sich durch das Wissen, das sie in einer solchen Ausbildung erlangen würde, selbst heilen wollte. Aber das war jetzt nicht mehr nötig. Jetzt war es ihr Traumberuf, weil sie *anderen* Menschen helfen wollte. Ihr Wunsch, eine eigene Praxis zu besitzen, bekam plötzlich ganz andere Dimensionen. Sie würde den Menschen helfen, sich von ihrem körperlichen Leid zu befreien. Und nebenbei konnte sie ihnen vielleicht das Wissen näher bringen, das sie von Nikolas erlangt hatte. Ein paar Medikamente auf naturheilkundlicher Basis würden unterstützend wirken, aber die eigentliche Heilung fand in den Köpfen der Menschen statt.

Sie wusste, wie es war, zu leiden. In einem Denken festzuhängen, das einen krank machte und den Spaß am Leben nahm. Und jetzt, wo sie dieses Wissen in ihrem eigenen Leben anwandte, wollte sie es gern weitergeben. Es so vielen Menschen wie möglich vermitteln und ihnen klarmachen, wie mächtig sie waren. Und, dass sie ihr Schicksal in den eigenen Händen hielten.

Aber erst einmal musste sie die Ausbildung hinter sich bringen. Sie hatte sie schon vollständig bezahlt. Nur das Haus würde wohl noch warten müssen. Sie hätte so gern schon zu Weihnachten eines mit einem großen Wohnzimmer gehabt, in dem sie einen gigantischen Baum aufstellen konnte. Aber es war noch nicht zu spät. Sie schickte den Wunsch fort. So, wie sie es immer machte, wenn sie ihn spürte. Sie hatte sich angewöhnt Wünsche wie Gedanken zu behandeln. Wenn sie in ihr entstanden, tat sie nichts weiter, als sie zu registrieren, sie anzunehmen und als das zu betrachten, was sie waren. Hinweise, die ihr klarmachen wollten, was sie fühlte. Und was sie glücklich machen würde. Wenn sie es wusste, konnte sie den Wunsch wieder loslassen. Er war zu nichts weiter nutze. Für sie waren Wünsche nur Auskünfte ihres Herzens. Sie konnte nicht verstehen, dass Miriam ihr noch lange Zeit versucht hatte beizubringen, dass man Wünsche festhalten musste. Wozu sollte das gut sein? So würde man doch immer wieder eine Realität anziehen, in der man erneut diesen Wunsch spürte. Weil man sich auf den Mangel konzentrierte. Darauf, sich etwas wünschen zu müssen, weil man es noch nicht besaß. Sie hatte versucht es ihr zu erklären. Aber wirklich verstanden hatte sie es vermutlich nicht. Vielleicht wollte sie es auch noch nicht annehmen, dass Lucy auf einmal vorgab über das Gesetz der Anziehung Bescheid zu wissen. Schließlich war es Miriam, die jahrelang diese Bücher studiert hatte und nicht Lucy. Als sie fragte, woher sie das alles plötzlich wusste, kam Lucy in Erklärungsnot.

»Aber Miri, du hast mir das doch all die Jahre eingehämmert«, hatte sie scheinheilig gesagt.

»Aber du hast mir nie richtig zugehört.«

»Doch, habe ich.« Das war natürlich gelogen. »Und jetzt ist mir alles klar.«

Wie hätte sie ihr beibringen sollen, dass sie einen Kristall aus einer anderen Welt in ihrem Körper gehabt hatte und deshalb höllisch auf ihre Gedanken hatte aufpassen müssen, weil sie sofort Wirklichkeit geworden wären. Sie hätte sie für verrückt erklärt. Außerdem hätte sie ihr dann auch von Lumenia erzählen müssen, von den Verfolgungsjagden und von Nikolas Key. Dem Gardisten, in den sie sich verliebt hatte. Lucy streichelte sanft über ihre Hand und das Mal, das immer noch zu sehen war. Diese Geschichte würde sie sich nicht einmal selbst abkaufen, wenn sie sie nicht am eigenen Leib erlebt hätte.

Nein, sie hatte kein Wort darüber gesagt. Zu niemandem. Die paar Tage, in denen sie verschwunden war, hatte sie damit erklärt, dass sie nach dem Unfall einfach ein wenig Ruhe gebraucht hatte. Miriam hatte ihr kein Wort geglaubt, aber irgendwann aufgehört zu fragen, als sie merkte, dass Lucy standhaft blieb. Ihre Eltern riefen sie seit dem jeden Tag mindestens einmal an, um zu erfahren, ob es ihr gut ging. Sie machten sich natürlich Sorgen. Ihr seltsames Verhalten seit dem Unfall hielten sie für eine manische

Depression. Weil sie seit ihrer tagelangen Grübelei nur noch lachte und glücklich war. Das sei nicht normal. Höchst bedenklich. Ihr Bruder sagte sogar, das ständige Leiden habe sie verrückt gemacht. Ihr den Verstand ausgeknipst.

Ja, es war nicht normal für ihre Familie, glücklich zu sein. Trotz Armut zu lachen und Dinge einfach zu akzeptieren. Ohne sich über sie aufzuregen, sie abzulehnen oder dagegen anzukämpfen. Das kannten sie nicht. Und sie konnten nicht begreifen, dass man die Dinge auch ohne Kampf ändern konnte. Dass man sie *nur* ohne Kampf wirklich ändern konnte. Das hatten sie nicht gelernt. Das hatte kaum jemand auf dieser Welt gelernt. Und Lucy war froh, dass Nikolas ihr dieses Wissen beigebracht hatte.

»Ich fahre dann mal«, sagte Miriam plötzlich und riss Lucy damit aus den Gedanken.

»Entschuldige«, murmelte sie erschrocken.

Miriam lachte. »Schon gut. Du hast dich zwar sehr verändert, Lucy, aber nachdenklich bist du trotzdem noch. Nur, dass es jetzt nicht mehr so aussieht, als würdest du an den Gedanken, die du dir machst, kaputtgehen.«

Lucy senkte lächelnd den Kopf.

»Ehrlich gesagt bin ich froh, dass noch etwas von der alten Lucy übrig ist. Ich habe manchmal das Gefühl, dich gar nicht mehr zu kennen.«

Das Gefühl kannte sie, sagte aber lieber nichts dazu. Sie befürchtete, dass Miriam dann nur wieder anfing Fragen zu stellen, die sie ihr nicht beantworten konnte. Mit der Zeit würde sie die alte Lucy vergessen und sich hoffentlich an die neue gewöhnen. Irgendwann würde sie auch aufhören, sie mit diesem prüfenden, verwirrten Blick anzusehen, wenn sie sich mit ihr über irgendetwas aufregen wollte und Lucy einfach nicht mitspielte. Oder, wenn Lucy einfach nicht so reagierte, wie sie es von ihr gewohnt war. Eine Zeit lang war es so, als müssten sie sich ganz neu anfreunden, weil Lucy einfach nicht mehr in das Bild passte, das Miriam von ihr hatte. Die kranke, unglückliche, leidende Lucy existierte nicht mehr. Stattdessen war aus ihr ein Mensch geworden, dessen innere Ruhe und Kraft sie manchmal selbst verwirrte. Und oft erschreckte sie sich vor ihrem eigenen Selbstbewusstsein. Wenn es aus ihr hervorbrach wie ein fremder Geist, der Besitz von ihr ergriffen hatte. Sie würde wohl noch eine Weile brauchen, bis sie sich an ihr neues Ich gewöhnt hatte. Und wie es aussah, würden Miriam und ihre Familie mindestens noch genauso lange brauchen.

»Außerdem wüsste ich manchmal echt gern, was da drin vorgeht«, sagte Miriam nun und tippte mit dem Finger gegen Lucys Stirn. »Ich wette da geistert ein hübscher Kerl drin 'rum, der dir den Kopf verdreht hat.«

Lucy rollte mit den Augen. »Miri. Fängst du schon wieder an?!«

Jetzt stand sie auf und nahm ihre Tasche vom Sessel. »Irgendwann wirst du es mir erzählen«, sagte sie grinsend und schmiss sich ihr hellbraunes, langes Haar über die Schulter. »Bringst du mich noch zum Bus?«

»Ja« Lucy ging in den Flur und zog sich ihre Winterjacke über. »Ich fahre mit. Ich wollte noch in die Stadt.«

Als sie wortlos die Straße entlang gingen, lauschte Lucy, neben dem knirschenden Schnee unter ihren Füßen, Miriams Gedanken. Sie konnte sie nicht immer hören. Nur ab und zu. Aber offenbar hatte sie es mit ihren andauernden Glücksgefühlen geschafft, ihre Energie so weit anzuheben, dass sich diese Fähigkeit langsam wieder bemerkbar machte. Nikolas hatte ihr gesagt, dass das passieren würde, wenn sie Euphoria lange genug spielte. Intensive Gefühle sind intensive Energien, war seine Erklärung gewesen. Sie fragte sich, ob sich ihre anderen Fähigkeiten dann auch bald wider zeigen würden, während sie sich Miriams Geschenkeliste anhörte. Als sie bei ihrer Auflistung bei Lucy ankam, zog sie jedoch eine innere Mauer hoch und es war wieder still in ihrem Kopf.

Es war nicht weit bis zu Miriam nach Hause. Nach vier Busstationen stand sie auf, erinnerte Lucy noch einmal an die Weihnachtsfeier am Wochenende und stieg dann aus. Lucy würde natürlich kommen. Wie jedes Jahr. Auch wenn sich wieder nur Pärchen auf der Feier tummeln würden. Selbst Miri hatte jetzt einen Freund. Mark Vrender – die Sportskanone. Endlich hatte sie sein Herz für sich gewinnen können. Lucy freute sich natürlich für sie. Jetzt würde sie zwar die einzige Alleinstehende auf der Party sein, aber das machte ihr – was sie ein wenig verwirrte – überhaupt nichts aus. Vielleicht lag es daran, dass sie trotzdem glücklich war. Grundlos glücklich. Natürlich wäre es schön gewesen, wenn sie Nikolas hätte fragen können, ob er sie dorthin begleiten würde. Aber es störte sie auch nicht, allein hinzugehen.

Verrückt, dachte sie, während sie aus dem Fenster sah. All ihre inneren Kämpfe aufzugeben und sich grundlos Glücksgefühle zu machen hatte sie wirklich in einen anderen Menschen verwandelt. Sie erkannte sich nicht mehr wieder. Es gab nichts, dass sie wirklich störte. Manchmal fühlte sie sich wie einer dieser buddhistischen

Mönche auf dem Weg zur Erleuchtung. Zumindest glaubte sie, dass sie sich so fühlen mussten. Sie wirkten immer so ruhig und entspannt. Genauso wie sie. Alles nahm sie an, wie es war, denn alles hatte seinen Sinn und seinen Grund. Und wenn sie spürte, dass ihr etwas nicht gefiel, dann veränderte sie es einfach. Absichtslos. Und bisher hatte es wunderbar funktioniert.

Sie stieg nicht aus, als der Bus in der Innenstadt ankam, sondern blieb einfach sitzen und entschied sich, noch ein Stück weiterzufahren. Zu dem Stadtteil, den sie in den letzten Wochen fast jeden Tag besucht hatte. Das Nobelviertel mit den schönen Häusern. Sie mochte es, sich fremde Häuser anzusehen, um sich Inspirationen für ihr zukünftiges eigenes Haus zu holen. Ob sie jemals genug Geld für ein solches Haus haben würde, stand ganz außer Frage. Da dachte sie nie drüber nach. Sie machte es ja nur aus Spaß. Und sich vorzustellen, wie es sich anfühlte reich zu sein, war ebenfalls ein Spiel. Sie verfolgte niemals eine Absicht. Alles, was sie tat, war es, glücklich zu sein. Und zu spielen. Das Spiel der Götter. Der Rest kam von ganz allein. So war es mit ihrer Gesundheit gewesen und auch mit dem Geld. Alles, was sie sich wünschte, stellte sie sich aus Spaß vor. Nicht, weil sie es damit herbeizaubern wollte. Und das Gute war: Es kam trotzdem. Das war das Geheimnis, das Miri immer noch nicht verstanden hatte. Oder nicht verstehen wollte.

»Was ist daran falsch ein Ziel zu haben?«, hatte sie immer wieder gefragt.

»Gar nichts«, war Lucys immer gleichbleibende Antwort. »Aber so lange du ein Ziel verfolgst, wirst du immer auf dem Weg sein. Erst, wenn du den Weg genauso genießt, wie das Ziel, wirst du ankommen.«

Und immer wieder hatte sie sie gefragt, woher sie diese Weisheiten plötzlich hatte. Ob sie irgendein geheimes Buch gelesen hatte, dass sie nun zur Expertin machte.

»Das ist doch ganz logisch. Du weißt doch selbst ganz genau, dass du das erschaffst, worauf du deine Aufmerksamkeit lenkst. Wenn du ein Ziel verfolgst, konzentrierst du dich im Grunde nur darauf, dass du noch nicht da bist. Deswegen musst du es ja erreichen. Aber wenn du weißt, wo du hin willst, kannst du das Ziel auch loslassen, den Weg dorthin genießen und dir vorstellen, wie es sich anfühlt schon da zu sein. Absichtslos. Aus Spaß!«

Aber irgendwie konnte sie sich mit dem Spiel noch nicht anfreunden. Mit dieser Leichtigkeit und Einfachheit. Sie wollte es lieber ernst nehmen und erwachsen sein, wie sie sagte. Und nicht *spielen*.

Lucy ging langsam und gemütlich die Straße entlang, an deren Seiten die schönsten Gebäude wie bunte Blumen aus dem weißen Boden zu wachsen schienen, und seufzte glücklich. Sie betrachtete die weihnachtlich geschmückten Häuser mit einem tiefen, zufriedenen Lächeln und genoss einfach den Anblick. Auf der linken Seite fuhr gerade der Familienvater in seine Einfahrt und lud ein paar große Päckchen aus. Sie sah ihn fast jedes Mal, wenn sie hier entlang spazierte. Als seine Kinder aus dem Haus stürmten, um ihn zu begrüßen und die Päckchen zu erkunden, lachte sie amüsiert. Diese Familie hätte sie gern als Nachbarn gehabt. Sie waren genauso fröhlich wie sie.

Ein Stück weiter folgten ihre drei Favoriten. Das große braune Steinhaus mit dem seitlichen Schornstein und der großen Veranda, dann das weiße, mit der Holzverkleidung und dem roten Dach und zu guter Letzt, am Ende der Straße, der beigefarbene Steinpalast mit den weißen Säulen vor der Veranda und dem großen Vorgarten. Dieses Haus stand seit Wochen leer. Lucy blieb vor dem Gartentor stehen und betrachtete es wie ein kleines Kind, das einen funkelnden Weihnachtsbaum vor sich sah. Es war perfekt. Ein perfektes Traumhaus, in dessen Wohnzimmer mindestens drei Riesenbäume passten. Oder sogar mehr. Sie warf erneut einen Blick durch das Fenster auf der rechten Seite. Doch dann stockte sie und machte ein enttäuschtes Gesicht. Offensichtlich war nun doch jemand eingezogen. Sie sah Möbel in dem Raum stehen und Gardinen am Fenster. Vor ein paar Tagen war noch alles leer gewesen.

»Schade«, seufzte sie etwas verdrießlich und trat einen Schritt von dem Zaun zurück. Wenn dort jemand wohnte, wollte er sicherlich nicht, dass sie vor seinem Haus herumlungerte.

»Ich hätte nichts dagegen«, sagte eine vertraute, weiche Stimme hinter ihr. Sie sog so heftig die kalte Luft ein, dass es schmerzte und fuhr dann so schnell herum, dass sie fast auf dem Schnee ausgerutscht wäre. Er hatte den Arm ausgestreckt, um sie aufzufangen und war ihr jetzt so nah, dass sie in das stechende Blau seiner Augen schielte und vor Schreck den Atem anhielt. Erst, als er langsam zurückwich, sah sie das Lächeln in seinem Gesicht, das sie so sehr liebte. Das Lächeln, das sie jede Nacht im Traum vor sich sah, seit sie sich von ihm verabschiedet hatte. Ihr Herz polterte so mächtig los, dass sie es in ihrem ganzen Körper schlagen spürte.

»Nikolas«, flüsterte sie. Sie starrte ihn mit großen Augen an und wagte es nicht auch nur ein einziges Mal zu zwinkern. War er schon immer so hübsch gewesen? Oder kam es ihr nur so vor, weil die Erinnerungen ihm nicht gerecht wurden? Seine Wangen waren rosig von der Kälte und auf seinen Locken lagen ein paar dicke Schneeflocken.

»Wie geht es dir, Lucy?«

Ihr lief eine Träne heiß über die Wange, die sie sich schnell wegwischte. Dann versuchte sie sich zusammenzureißen.

»G … gut. Mir geht's gut. Ich habe alles gemacht, was du gesagt hast.« Ihre Stimme klang erschreckend dünn. Als würde sie im nächsten Moment in tausend Teile zerspringen. Zusammen mit ihrem rasenden Herzen.

Er lächelte erfreut. »Hat es funktioniert?«

Sie nickte heiter und wischte sich noch eine Träne aus dem Gesicht. Dann nahm sie einen tiefen, zitternden Atemzug, der ihre Lunge mit eisiger Luft füllte. Nikolas sah sie nun eine ganze Weile lang stumm an, wobei er ihr Gesicht mit seinen Augen liebevoll zu streicheln und zu liebkosen schien. Lucy erwiderte seinen Blick wie erstarrt. Sie wusste nicht, was sie sagen sollte. Sie wollte ihm so viel erzählen. Von sich und ihrem Leben. Davon, wie sehr sie sich verändert hatte und wie sie die Welt und das Leben jetzt betrachtete. Sie wollte ihm davon erzählen, dass sie jeden Tag Euphoria spielte und dass sich langsam wieder ihre Fähigkeiten zeigten. Aber sie bekam kein Wort heraus. Sie wusste nicht, wie lange er bleiben würde. Und sie wollte nicht die ganze Zeit nur von sich reden, wenn ihnen nur ein kurzer Moment blieb.

»Ich habe dich vermisst«, sagte er jetzt.

Lucy schluckte. »Ich habe dich auch vermisst.«

Dann drehte er sich langsam zu dem Haus um und betrachtete es erfreut. »Aber ich wollte warten, bis Alea mit dem Geschenk fertig ist. Und Paco hat auch ganz schön lange gebraucht«, sagte er schmunzelnd. Sein Atem schwebte in kleinen Wölkchen aus seinem Mund, während er sprach.

Lucy betrachtete ihn von der Seite. »Was haben sie dir geschenkt?«, fragte sie neugierig.

»Es sind eigentlich Geschenke für uns beide«, sagte er nun und sah sie dabei bedeutungsvoll an. Dann holte er ein Schlüsselbund aus seiner Tasche. Aus seiner Jeanstasche! Erst jetzt bemerkte Lucy, dass er normale Kleidung trug – die ihm unverschämt gut stand. Offenbar wollte er sich der Umgebung anpassen, solange er hier war. Er hielt Lucy die Schlüssel hin und ließ sie dann in ihre Hand sinken.

»Es gehört dir«, sagte er lächelnd und nickte in Richtung Haus.

Lucy blieb der Mund offen stehen. Sie sah erst die Schlüssel an, dann das Haus und dann wieder die Schlüssel. Und dann bemerkte sie ein kleines, goldenes Namensschild an dem Bund, worin ihr Name eingraviert war. Auf der anderen Seite stand Nikolas Key.

»W … wie, wie ...«

Nikolas lachte. »Du hast unterschrieben, weißt du nicht mehr?«

Für einen Moment wollte Lucy wirklich an ihrem Verstand zweifeln. Aber als Nikolas sein typisches, freches Grinsen aufsetzte und ihr zuzwinkerte, wurde ihr alles klar.

»Alea war das??«

Er nickte lachend und wühlte dann in ihrer Hand nach

einem dicken Schlüssel, den er heraus hob und ihn verspielt hin und her drehte.

»Und für das hier habe ich unterschrieben. Du hast ja noch keinen Führerschein. Es ist von Paco«, sagte er und deutete mit einem Nicken auf die Straße. Lucy folgte seinem Blick, der nun an einem nigelnagelneuen Audi A7 haftete. Sie rang nach Luft.

»Er sagte, er mag deinen Fahrstil«, klärte er sie auf, »und war der Meinung, du solltest unbedingt eins haben.«

Sie runzelte verwirrt die Stirn und sah ihn wieder an.

»Das … verstehe ich nicht. Sie haben das *uns* geschenkt?«

Jetzt zog er erneut etwas aus seiner Tasche. Es war ein Portalschlüssel. Alea hatte einen solchen Schlüssel benutzt, um sie nach Lumenia zu bringen. Und auch, um sie wieder nach Hause zu schicken. Er drehte ihn in seiner Hand und sah sie dann an.

»Als ihnen klar war, dass ich zu dir zurückkehren würde, haben sie bereits alles in die Wege geleitet. Das war in dem Moment, als wir uns vor dem Lagerhaus umarmt haben.« Er streichelte mit dem Daumen über den Kristall und grinste dann. »Er ist von Hilar. Er sagt, er wird sauer, wenn wir ihn nicht ab und zu besuchen kommen.«

Lucy hielt den Atem an. Dann schenkte ihr Nikolas ein unglaubliches Lächeln und zog bedeutsam die Augenbrauen hoch.

In dem Moment brach Lucy endgültig in Tränen aus und fiel ihm schluchzend um den Hals. Er legte seine Arme um sie und hielt sie so lange fest, bis sie sich beruhigt hatte. Es war so schön ihn wieder zu spüren. Seinen Duft wieder einatmen zu können und nicht mehr versuchen zu müssen, in ihren Erinnerungen danach zu suchen. Seine Gegenwart zu spüren und sein vertrautes Gesicht wieder zu sehen. Sie würde ihn nie wieder loslassen. Nie nie wieder.

Er lachte leise. »Keine Angst«, sagte er. »Ich dachte, ich bleibe so lange, bis sich die Menschen wieder erinnern und helfe dir dabei, sie wachzurütteln.«

Sie hob ein wenig den Kopf, ließ ihn dabei aber nicht los.

»Das könnte lange dauern«, kicherte sie glücklich an seinem Hals.

»Das stimmt. Vielleicht aber auch nicht.«

»Und dann?«

»Dann reißt Quidea den Schutzwall ein und Lumenia ist wieder Teil dieser Welt.«

»Dann bleibst du also für immer?«

Er löste sich aus der Umarmung und sah ihr tief in die Augen. *Solange du mich hier haben willst*, erklang seine Stimme in ihren Gedanken. Und dann küsste er sanft ihre kalten Lippen.

»Ja«, flüsterte er. »Für immer.«

Mehr Informationen zu diesem Buch, zu den Charakteren, dem Spiel der Götter und weiteren Büchern, gibt es auf:

euphoria.ninanell.de